Der geheimnisvolle Garten des Glücks

MÄRCHEN

BOOKS on DEMAND

Über die Autorin:

Brigitte Gutmann geb. Kern, geboren 1946 in Karlsruhe, wohnhaft in Kappelrodeck, hat Gedichtbücher, Märchen, Erzählungen, ein Radiofeature und ein Hörspiel veröffentlicht. Mehrere Gedichtbücher enthalten Fotos ihres Mannes Peter Gutmann. Sie ist Mitglied im FDA (Freier Deutscher Autorenverband), war beim STE (Steinbach-Ensemble) und leitete in Achern 10 Jahre ein literarisches Café. Im Literarischen Café in Baden-Baden moderiert sie mit anderen und gehört zum Bischenberger Autorenkreis im Bücherhotel Bischenberg bei Sasbachwalden.
Immer wieder sucht sie bei Lesungen (allein oder in der Gruppe) Kontakt zum Publikum. Ihre Liebe gehört neben Literatur der Musik, der Natur und vor allem ihrer Familie, auch der Großfamilie. Sie hat zwei Söhne und bisher ein Enkelkind.
Zu den Elfenmärchen wurde sie durch die Illustrationen von Norman Hothum angeregt.
http://brigittegabriele.wordpress.com
www.autorennetzwerk-ortenau.de

Über den Illustrator:

Norman Hothum ist spezialisiert auf mittelalterliche Stilformen und Techniken. Neben der Gestaltung von Illustrationen für Verlage, Filmgesellschaften, Museen und private Interessenten auch Anfertigung von Unikatbüchern, Einzelmanuskriptseiten, Gästebüchern, Filmrequisiten, Schmuckurkunden, Etiketten etc. Präsentation und Vorführung mittelalterlicher Buchproduktionstechniken im Rahmen von Sonderausstellungen, Museumsnächten und sonstigen Events. Er war Mitglied beim STE.

Norman Hothum, Atelier für Buchillustration & Kalligraphie
0049.7642.929 49 59, www.medievalstyleart.weebly.com

Brigitte Gutmann

Der geheimnisvolle Garten des Glücks

MÄRCHEN

IMPRESSUM

Bibliografische Information der Deutschen Nationalbibliothek:
Die Deutsche Nationalbibliothek verzeichnet diese Publikation in der Deutschen Nationalbibliografie; detaillierte bibliografische Daten sind im Internet über http://dnb.dnb.de abrufbar.

© 2013 Brigitte Gutmann
brigittegutmann@gmx.de

Illustration: Norman Hothum
normanhothum@yahoo.com

Herstellung und Verlag: BoD – Books on Demand, Norderstedt

ISBN: 978-3-7322-9717-7

Märchen

Für meine Enkelkinder

WIE DER SCHNEEKÖNIG
DAS LACHEN WIEDERFAND
– Ein Klimamärchen –

Der Schneekönig wohnte auf einer der größten Eisschollen im Nordpolarmeer. Sein Palast war zauberhaft: Die Architekten des Schneekönigs hatten ihre Märchenfantasien in Schnee und Eis verwandelt. Es gab vier große Eistürme, vielfältige Eiserker und Eisbalkone. Und die Mitte des Palastes bildete eine riesige Kuppel aus durchsichtigem Eiskristall. Auf der Spitze der Kuppel schwebte ein Halbmond. Zur Zeit der Mitternachtssonne glitzerte der Palast in allen Farben, wenn sich die Sonnenstrahlen Tag und Nacht in den Kristallen brachen.

In den sechs Monaten der Polardunkelheit hatte der Schneekönig ein Heer von Glühwürmchen angestellt, die rund um die Uhr im Schichtdienst flimmerten und glimmerten. Außerdem war der Schneekönig natürlich auch Herr der Nordlichter, die sich feuerwerkartig über dem Palast entluden und so für eine gespenstische Zauberbeleuchtung sorgten.

Der Schneekönig war ein lebenslustiger Geselle, der mit seiner Schneekönigin allzu gern rauschende Feste feierte. Ihr Personal waren geschulte Schneemänner und Schneefrauen. Einige dieser Hofschranzen waren sogar von blauem Eisadel! Und die sechs Köchinnen und Köche zauberten die feinsten Menüs, bei denen es am Schluss immer eine Eisbombe gab. Um sich, seine junge Frau und seine Gäste in der dunklen Jahreszeit bei Laune zu halten, stellte der Schneekönig einen Spaßmacher ein. Der Hofnarr verstand es, die witzigsten Fratzen mit Schnee zu modellieren und sogar mit zehn Schneebällen zu jonglieren. Außerdem veranstaltete er neben den bekannten Wintersportarten auch Wettbewerbe im Schneeburgenbauen, lustige Schlittenfahrten mit Hunden und Rentieren, Eisschießen und Eistanzen. Dazu erfand er Sportarten, die es nur im Reiche seines Schneekönigs gab: Ein Eisschollenspringen besonders mutiger Schneemänner und Eisbären sowie ein Kletterwettbewerb zusammen mit Seelöwen und Seerobben auf verschieden hohe Eisbergbrocken. Dabei war dem Schneekönig aufgefallen, dass es in den vergangenen Jahren immer weniger Eisschollen und Eisberge gab, dass sie wegschmolzen und dass sie weiter auseinander lagen. Manche Polartiere, deren Heimat diese Eisinseln waren, taten ihm schon richtig leid. Im Sommer wurde es immer wärmer, an manchen Stellen bestand sogar Gefahr für seinen Eispalast. Die Veränderung erschreckte den Schneekönig sehr. Aber er behielt vorerst seine Ängste für sich.

Eines Tages wurde sein Hofnarr leichtsinnig. Von einem Walfisch, welcher schon viel in der Welt herumgekommen war, hatte er erfahren, dass es einen Feuerschlucker gab. Diese Kunst wollte er unbedingt auch einmal probieren.... Doch sein Körper aus Schnee vertrug die Hitze nicht und schmolz sofort zischend. Was dem Schneekönig von seinem geliebten Hofnarr übrig blieb, das war nur noch eine kleine Pfütze. In diese tropften die dicken Tränen des traurigen Herrschers. Von nun an verbot der Schneekönig alle romantischen Kerzen in seinem Palast und alles Kochen am offenen Feuer. Er stellte den Haushalt auf elektrisches Licht um, führte den Elektroherd und die Mikrowelle ein und verschloss sich vor der Welt. Selten sah man ihn noch bei seinen geliebten Sportarten im Freien. Er schaute die Rentier- und Schlittenhunderennen nun im Fernsehen an, kaufte sich einen Computer mit Winterspielen und vernachlässigte seine hübsche Schneekönigin immer mehr. Früher hatte man das verliebte Gelächter des jungen Paares bis tief in die Nacht hinein und sein Echo in der Einsamkeit der Eisschollenlandschaft schon von fern her vernehmen können. Seit dem Hitzetod des Hofnarren lag Traurigkeit über dem Palast.

In den Menschennachrichten, die der Schneekönig jetzt regelmäßig anschaute, erfuhr er auf einmal etwas über die Klimaerwärmung der Erde, über das erschreckende Schrumpfen der Eisflächen an den Polarkappen und auf Grönland und über die Gründe dafür: Die Menschenwesen verpesteten die Luft mit ihren seltsamen vierrädrigen oder zweirädrigen Fahrzeugen, ja, in warmen Erdgegenden brauchten sie sogar Kühlschränke. Sie besaßen Fabriken, mit denen sie die kostbare Ozonschicht verpesteten! Das Wort war dem Schneekönig total fremd gewesen. Er lernte weitere neue Wörter kennen wie Kyoto oder Greenpeace, Globalisierung und Globalisierungsgegner. Und er spürte, dass nicht nur seine Heimat, sondern die ganze Erde durch das Ansteigen des Meeresspiegels in Gefahr war.

Noch immer erzählte er nichts davon seiner Schnee-königin, sondern verschloss sich mehr und mehr.

Diese depressive Stimmung ihres Mannes ertrug die Schneekönigin nicht lange. Sie traf sich mit den klügsten Beratern. Und die kamen auf die Idee, einmal den berühmten Eiszirkus Frigidora vom Südpol einzu-laden. Zuerst war der Schneekönig gar nicht begeis-tert. Doch dann passierte etwas Schreckliches für ihn: Es gab einen Totalstromausfall im ganzen Palast – dies war natürlich ein abgekartetes Spiel der Eingeweihten. Da die Reparatur ziemlich lange dauern würde und der Schneekönig deshalb einige Tage auf Fernsehen und Computerspiele verzichten musste, willigte er ein, dass der Südpolzirkus Frigidora seine Zelte auf der nächsten Eisscholle aufschlug.

Zuerst stellte der Zirkusdirektor, ein Schneemann in schwarzem Frack und mit schwarzem Zylinder, eine beeindruckende Eisbärendressur vor. Dann folgten „The Foxes", sechs Schneefüchse, die sich von Sprung-brettern auf künstliche Eisberge hinaufschleudern ließen. Der Schneekönig sah fasziniert dem Schauspiel zu, doch noch heiterte sich seine Miene nicht auf, wäh-rend die Schneekönigin und der ganze Hofstaat begeistert applaudierten. Jetzt wurde Kristalla, die tanzende Eisfee, angekündigt, mit einem Tusch des Orchesters. Eine in allen Farben schillernde Tänzerin erschien auf Schlittschuhen mit einem türkisfarbenen kurzen Röckchen und einem gelben Bolero. Sie wirbelte mit Pirouetten über das Eis des Zirkusrundes, dass es der jungen Schneekönigin fast schwindlig wurde. Und sie wagte solche kühnen Sprünge, dass der Schneekönig ziemlich ins Schwitzen geriet, was ihm sehr unangenehm war.

Die nächste Nummer wurde als eine besonders schwere Nummer angekündigt, wobei der Zirkusdirektor hintergründig lächelte. Und da bebte auch schon der Boden und zwei tonnenschwere Walrösser wälzten sich heran. Hinter ihnen aber folgte eine Schar Robben, welche nun, unter witziger Musik, versuchten, die Walrossgebirge zu besteigen. Sie rutschten mit gespieltem Ungeschick die Kolosse wieder herunter, was die Zuschauer mit Gelächter und Klatschen begleiteten. Die Schneekönigin bemerkte mit Entzücken, dass sich die Gesichtszüge ihres Gatten aufhellten. Schließlich aber thronten sechs Robben auf dem linken und sechs auf dem rechten Walross, sogar zwei auf ihren Köpfen und verneigten sich vor dem glücklichen Publikum.

Danach sagte der Zirkusdirektor mit einer tiefen Verbeugung: „Verehrtes Publikum, wir sind sicher, dass Sie Ihre helle Freude haben werden an der nächsten Nummer: Es unterhalten Sie jetzt unsere fünf Pinguinclowns Tschang, Tscheng, Tsching, Tschong und Tschung!" Die fünf Pinguine hatten eine rote Nase umgebunden und jeder spielte ein anderes Instrument. Der erste Trompete, der zweite Posaune, der dritte Saxophon, der vierte Piccoloflöte und der letzte hatte eine Trommel umgebunden. Hereinwatschelnd trugen sie eine schräge Melodie vor. Jetzt machten Tschang und Tscheng einen Kopfstand, dabei weiter spielend, wobei Tsching, Tschong und Tschung ihnen applaudierten.

Danach wurden ein Schwimmbassin und eine Rutsche hereingetragen, die alle fünf musizierend herunterrutschten. Besonders komisch war, als sich vier an den Beckenrand stellten und dann auf das Trommelkommando des kleinen Tscheng kopfüber ins Wasser stürzten. Plötzlich fing der Schneekönig an zu lachen, wie er sein Lebtag noch nie gelacht hatte, selbst zu seinen guten Zeiten, als ihn sein Hofnarr noch unterhalten hatte. Die Clowns aber trieben immerfort die größten Späße, schlugen Purzelbäume und Saltos im Wasser und bliesen dazu auf ihren Instrumenten, während der Schneekönig begeistert rhythmisch mitklatschte, seine Ehefrau anstrahlte und so laut lachte, dass der ganze Hofstaat und die Schneekönigin geradezu gerührt zu ihm herüberblickten. Denn ihm rannen Lachtränen über das Gesicht. Nach der Aufführung wurden die Pinguinclowns von dem Schneekönig mit viel Geld abgeworben. Der Eiszirkus Frigidora zog weiter, wieder an den Südpol, wo er auch vor Menschen mit großem Erfolg spielte, nun mit einer Ersatz-Pinguinclownsgarnitur. Und wenn jemand von den Zuschauern ganz laut, ganz herzlich lachen musste, sich dabei schüttelte und Lachtränen in die Augen bekam, dann sagten die Artisten untereinander: „Der freut sich ja wie ein Schneekönig!"

Ein paar Menschen schnappten diesen seltsamen Ausdruck auf und verwendeten ihn fortan ebenfalls. So kam er in unsere Sprache. Nur wissen die wenigsten, welche Geschichte dahinter steckt...

Aber die Geschichte unseres Schneekönigs geht noch weiter. Trotz seines neugeborenen Gelächters war er noch nicht ganz von seiner Depression geheilt, doch konnte er nun seiner Schneekönigin wieder sein Herz ausschütten und er erzählte ihr alles, was er selbst beobachtet und was er über die Klimaerwärmung im Menschen-TV erfahren hatte. „Wir müssen etwas dagegen tun!", sagte seine patente kleine Ehefrau.

„Nur was?" Da hatte der Schneekönig intuitiv einen typischen Männereinfall: „Wir gründen einen Verein!" Und schon fühlte er sich viel wohler. „Den Verein zur Rettung des Polareises, den VzRP! Klingt doch gut, oder?" Seine Frau stimmte ihm begeistert zu und meinte: „Da sollten aber auch Tiere mit aufgenommen werden: Eisbären, Robben, Seelöwen, Walrösser, Pinguine!" „Jawohl, Liebling, und von Menschenseite Eskimos und Indianer, die sind nämlich die besten Mittler zwischen der Welt der Tiere, der Erde, der Menschen und der Fantasiewelt, zu der wir Schneekönige gehören." Und dann steckte das Ehepaar die Köpfe zusammen und beriet sich auch mit seinen klugen Beratern.

So kam es, dass die Menschen, wenn sie nun über Grönland flogen, riesige Buchstaben im Grönlandeis entdeckten, Wörter, welche Eisbären und Walrösser ins Gletschereis gestampft hatten, unter Beistand der auch englisch sprechenden Eskimos. Die Fluggäste trauten ihren Augen nicht, als sie lasen: „SOS! Save our earth! Less cars, more bicycles! Emissions are killing the ozone! Save energy! Death to the weapons!"

Der Schneekönig war auf einmal wieder voller Elan. „Etwas Sinnvolles tun, auch wenn man nicht weiß, ob es Erfolg hat, ist immer besser als den Kopf hängen zu lassen!", sagten sich der Schneekönig und seine Schneekönigin. Sie beleuchteten von nun an ihren Eispalast mit Nordlichtenergiesparlampen. Und für romantische Anlässe wieder mit Kerzen. In ihrem Eispalast hielten sie Konferenzen ab für Klimaforscher und Freunde des VzRP. Die Eskimos bauten für die Gäste Iglus, in denen es ohne Heizung warm genug war. Später erzählten, sangen und tanzten sie zusammen mit den Indianern Mythen von der Entstehung, der Gefährdung und Rettung der Erde. Die Schneekönigin organisierte die Bewirtung. Und die Pinguine schwenkten für das Fernsehen Fähnchen, auf denen jeweils ein Buchstabe stand, zusammen ergaben sich dann folgende Schlagzeilen für alle Erdlinge: „Die Erde ist auch die Heimat der Tiere!" „Die Pole bestimmen das Schicksal unserer Erde!" „In zwanzig Jahren sind die Sommer grün in Grönland!" „Die globale Erwärmung wird mehr Überschwemmungen und Hurrikans bringen!" „Benutzt die Solarenergie!" Und zum Schluss noch: „Es lebe die Fantasie!" „Vive la fantasie!" „Long lives fantasy!"

Wenn die Konferenzteilnehmer vom Konferieren und Demonstrieren erschöpft waren, was tat der Schneekönig dann? Er ließ natürlich für seine Gäste die fünf Pinguinclowns des Eiszirkus Frigidora auftreten und dann bewies er wieder allen, was es hieß, wie ein Schneekönig zu lachen... Und sein Lachen steckte alle anderen an.

DAS MÄRCHEN VOM TRAURIGEN WEISS UND VOM VERZWEIFELTEN SCHWARZ

Nach der Schöpfung der Welt waren alle Farben mit sich zufrieden, nur nicht Weiß und Schwarz. Also gingen sie zum Regenbogenphilosophen, der sie trösten sollte.

Zuerst klagte das traurige Weiß: „Wie herrlich ist das Gelb, die Farbe der Sonne, der Sonnenblumen und Eidotter! Wie schön anzusehen ist das Blau, die Farbe der Meere, des Himmels und vieler Blumen! Wie wohltuend kommt mir das Grün vor, wenn ich in Wiesen, Büsche und Bäume sehe! Welche Leuchtkraft hat das Rot, die Farbe des Blutes, der Lippen und fröhlichen Kleider! Aber warum hat mich der Schöpfer so geschaffen, einfach nur weiß? Eigentlich ohne jede Farbe?"

Der Regenbogenphilosoph lächelte. „Du irrst dich, mein Kind, du bist nicht ohne Farbe. Ein Körper erscheint weiß, wenn er so beschaffen ist, dass er alle Teile im Regenbogenprisma des Lichts reflektiert. Das heißt: Eigentlich sind in dir alle nur möglichen

Farbnuancen enthalten!" „Wirklich?", strahlte das Weiß. „Dann bin ich ja etwas Besonderes!" „Genau. In dir ist jede Farbe gut aufgehoben wie im weißen Rauschen der elektronischen Musik jeder Ton." „Fantastisch. Nur wissen die Menschen auch von meiner Beschaffenheit?", wollte das Weiß wissen. „Physikalisch gesehen wissen es noch nicht alle. Aber vom Gefühl her schon. Schau, wie begeistert sind viele von einer einheitlichen Schneelandschaft! Wie lieben sie Christrosen, Schneeglöckchen, Anemonen und die Obstbaumblüte! Du bist für sie ein Symbol der Frische und Unschuld." „Ja", nickte das Weiß, „aber auch ein Symbol übertriebener Sauberkeit: Das weißeste Weiß, so ein Unsinn!" „Stimmt. Aber du bist die Farbe der Freude, der Festlichkeit. In weißen Kleidern und mit weißen Kerzen gehen die Mädchen zur Kommunion. Viele heiraten immer noch in strahlendem Weiß. Und man sagt, dass der eleganteste Anzug der weiße Smoking sei." „Da hast du recht", lachte das Weiß.

Nach langem Nachdenken fügte es noch leise hinzu: „Sollte dann wohl der Brauch mancher Völker, die Toten weiß zu kleiden, Freude ausdrücken?" Der Regenbogenphilosoph nickte tiefsinnig.

„Wie man sieht", meldete sich nun das Schwarz, „ist meine Freundin getröstet. Aber wie willst du meine dunkle Verzweiflung durchdringen! Ich weiß nämlich schon, dass ich eigentlich gar keine Farbe bin. Ein Körper, der schwarz wirkt, absorbiert alles Licht und reflektiert gar nichts. Streng genommen ist er farblich gesehen tot. Ja, ich trage ständig Trauer."

„Mein Lieber, deine Freundin war recht naiv, du aber bist ein wenig zu gescheit, fast existentialistisch. Du hast wohl vergessen, dass du für die Augen immer noch als eine Farbe erscheinst, eine Farbe mit hohem Kontrastwert." „Ja", lachte das Schwarz ironisch, „ich weiß, wir zwei, das Weiß und ich, wir bilden ein ideales Paar!" „Richtig. Doch kannst du dich auch jederzeit mit Zitronengelb, mit feurigem Rot, lebensfrohem Orange oder den zärtlichen Pastellfarben paaren." Das Weiß errötete ein wenig. „Ich finde, wenigstens an Festen sollten wir zwei zusammen bleiben." Das Schwarz nickte beruhigend. „Also", wollte der Regenbogenphilosoph wissen, „wo liegt denn der Grund deiner Verzweiflung? Früher gab es keinen feierlichen Anlass ohne den schwarzen Anzug, den Frack mit Zylinder und das kleine Schwarze. Sicher, die Regeln sind lockerer geworden. Aber kannst du dir heutzutage einen Politiker oder Geschäftsmann ohne das schwarze Aktenköfferchen oder ein Handy vorstellen?! Und modisch gesehen ist schwarz immer noch in. Viele Jugendliche lieben es. Also, nochmals, woher die Verzweiflung?"

„Ach", schluchzte das Schwarz, „man beschimpft mich manchmal 'dreckiges Niggerface' oder 'Mafioso'! Dann ist mir's, als ob ich in ein schwarzes Loch falle."

„Das ist wirklich schlimm. Hier, nimm mal mein rotkariertes Taschentuch, das wird dich aufheitern", tröstete ihn der kluge Philosoph. „Sag dir eins: Nicht jeder mit einer dunklen Sonnenbrille ist gleich ein Bösewicht mit schwarzer Seele! Denn heute waschen so viele ihr schmutziges Geld wieder rein, die in beigen Hosen oder Jeans auftreten und behaupten, eine weiße Weste zu tragen... Wenn aber jemand 'Niggerface' zu dir sagt, dann entgegne ihm mutig, dass in der Schöpfung alle Farben gleichberechtigt sind – und damit auch alle Rassen!" „Danke", schniefte das Schwarz, „dein Zuspruch tut mir gut." „Zum Schluss, mein Freund, denke immer daran, schwarz ist auch die fruchtbare Muttererde, schwarz ist die wertvolle Kohle und last but not least: Schwarz ist die Farbe des technischen Fortschritts!" „Wie das?", wollte da die Farbe, die eigentlich keine war, genauer wissen. „Schwarz sind zum Beispiel die Kabel und sehr viele elektrische Geräte. Und welche Farbe trägt die Software, die kleine Diskette? Schwarz! Na siehst du, nun lächelst du schon wieder."

Da verbeugte sich das Schwarz gerührt und hängte sich selbstbewusst dem Weiß ein. „Herr Regenbogenphilosoph, wir danken Ihnen für Ihre gute psychologische Beratung. Ich fühle es: Wir können tatsächlich stolz auf uns sein. Vor allem auch, wenn wir uns verstehen, Schwarz und Weiß!" Und dann lachten die beiden wie ein glückliches, verschiedenrassiges Paar oder wie ein Afrikaner, der seine blendend weißen Zähne zeigt - oder wie eine Sachertorte mit Sahne...

DIE VIER ELFENPRINZESSINNEN

Auf einem zauberhaften Schloss am Rande eines verträumten Sees wohnten der Elfenkönig Dankwart und Königin Sybille mit ihren vier hübschen Elfentöchtern. Alle waren von zarter Statur und sehr naturverbunden. Im Sommer gingen sie am liebsten barfuß, obwohl sich das für Prinzessinnen nicht schickte, und schwammen zwischen Seerosen. Sie wurden von den besten Lehrern in Wissenschaft und Kunst ausgebildet und sollten alle ein Instrument lernen.

Ortrud, zweiundzwanzigjährig, hatte schulterlanges, blondgelocktes Haar und sich für die Rebec entschieden, ein birnenförmiges, dreisaitiges Streichinstrument, aus Arabien stammend. Sie studierte Astronomie und Astrologie und interessierte sich für den Orient, denn sie war einem ägyptischen Prinzen versprochen.

Amadea, zwanzigjährig, trug ihr braungewelltes Haar etwas länger als ihre Schwester. Sie hatte die Fidel gewählt, welche sie oft von Minnesängern am

Hofe hörte. Sie war besonders sprachbegabt. Ihre Eltern ahnten nicht, dass sie sich in ihren Sprachenlehrer, einen feurigen Adligen aus Venedig, verliebt hatte und Gegenliebe fand. Amadea schrieb heimlich Gedichte.

Edelinde, gerade noch achtzehn, ließ ihre roten Locken bis tief in den Rücken fallen. Sie war die Musikalischste und betört vom Klang der Schoßharfe. Jeden Tag übte sie eine Stunde. Daneben fand sie Zeit, sich mit Kräuterkunde zu beschäftigen und die Kranken im Hospiz zu pflegen. Zuerst hatte sie mit dem Gedanken gespielt, in ein Kloster einzutreten. Doch vor kurzem hatte ein irischer Prinz an einem Turnier teilgenommen, sich in die Harfe spielende Rothaarige verliebt und um ihre Hand angehalten.

Lilifee, sechzehnjährig, besaß das ausgelassenste Temperament von allen Elfenschwestern. Ihre mittelblonden Haare waren zu langen Zöpfen geflochten. Sie sang und tanzte für ihr Leben gern und nahm Ballett-, Gesangs- und Schauspielunterricht. Aber sie hatte keine große Lust ein Instrument zu lernen. Schließlich entschied ihr Vater, sie sollte die Flauto, die Längsflöte, studieren. Also fügte sich die Tochter.

Eines Tages kam aus der Normandie Ritter Audacieux mit der schwarzen Pagenfrisur an ihren Hof. Dieser kühne junge Mann wollte für ein Jahr bei dem weltberühmten Fecht- und Degenlehrer Ferdinand Spitzig am Hofe in die Lehre gehen. Abends traf Lilifee auf ihren Spaziergängen im Seepark voller Schilf, Binsen, Schlingpflanzen, quakender Frösche und Libellen den Ritter, wie er schwermütige Melodien auf seiner Flauto spielte und dabei auf das Wasser blickte, in dem sich die Abendröte spiegelt. Wie konnte Lilifee auf sich aufmerksam machen? Von nun an übte sie fleißig, bis sie Audacieux ein wenig schüchtern eine fröhliche Melodie vorspielen konnte. Was betörte ihn wohl mehr, die Musik oder die reizende Gestalt des Mädchens? Jetzt trafen sie sich öfter im Park und nach und nach küssten sie nicht nur ihre Flöten...

Doch eine große Sorge lastete auf der Seele des Elternpaars. Im Hinterland ihres Besitzes gab es ein lichtes, leicht hügeliges Jagdgebiet, an welches ein geheimnisvoller dichter Wald grenzte, der einer bösen Zauberin und ihrem Mann, einem feuerspeienden Drachen, gehörte. Sie hatten einen Drachensohn namens Dino. Wer sich in ihren Wald verirrte oder aus Neugier hineingeriet, weil die exotischen Vögel darin verführerisch sangen oder man riesige leuchtende Blumen ahnte, ward nicht mehr gesehen. Es ging die Kunde, dass die Zauberfamilie diese Menschen in Tiere verwandelte, in Käfigen hielt und später verspeiste. Den Elfenprinzessinnen und ihren Gespielinnen war bei Androhung von Strafen verboten, sich in die Nähe des gefährlichen Gebietes zu begeben.

Einmal allerdings waren Ritter Audacieux und Lilifee durch die bewaldeten Hügel gewandelt. Da hörte Audacieux Jagdhörner und beschloss mit seinem Pferd und Lilifee weiter ins Innere des Waldes zu reiten. Er wollte bald an einer Treibjagd teilnehmen und vorher das Gelände erforschen. Lilifee warnte ihn bei diesem verbotenen Ausritt vor der Zauberwaldgefahr. Die beiden wussten aber nicht, dass sie der Jungdrachen Dino mit einem Fernrohr beobachtet hatte. Sofort entflammte er für die reizende Gestalt mit den fröhlichen Zöpfen. Er schrieb ihr einen Brief auf schwarzem Pergament mit roter Schrift, an den Rändern ausgefranst und nach Schwefel riechend.

„Liebste Lilifee,

ich habe dich vor kurzem das erste Mal erblickt und bin Feuer und Flamme für dich. Willst du dich übermorgen mit mir bei Sonnenuntergang treffen? Ich könnte dir die wundervollsten Pflanzen in unserem Wald zeigen und du wirst herrlichen Vogelstimmen lauschen. Dir soll kein Leid geschehen. Solltest du aber ablehnen, dann möge sich der braungelockte Ritter in Acht nehmen bei der anstehenden Treibjagd! Also überlege dir deine Antwort gut und schieße sie mit einem Pfeil in unser Gebiet.

In heißer Liebe, Dino."

Was sollte Lilifee nun machen? Sie entschied sich, den Brief Audacieux zu zeigen. Sofort erwachten Eifersucht und Mut im Herzen des Ritters. Er würde den Drachen zu einem Duell herausfordern und schrieb ihm deswegen einen Brief. Man einigte sich, einen Ringkampf diesseits und jenseits der Grenze durchzuführen. Und wer den anderen auf seine Seite zog, der solle der Sieger sein. Lilifee zitterte vor Angst, während sie der Ritter tröstete: „Lilifee, ich habe mir einen Trick überlegt, bei dem du mir helfen könntest. Du versteckst dich eine Stunde vorher als alte, Beeren sammelnde Frau verkleidet in einem Busch mit meinem Schwert. Sollte ich in Gefahr kommen, wirfst du mir „Assistant" zu und ich werde mich damit retten..."

Am frühen Abend des Ringkampftages näherte sich Lilifee, in einen schwarzen Kapuzenumhang gehüllt, mit einem Korb den Heidelbeerbüschen in der Nähe des Zauberwalds. Wie schlug ihr Herz! Dann verbarg sie sich. Nachdem die Sonne untergegangen war, begannen die Zaubervögel verlockend zu singen, die Blumen betörend zu duften. Am liebsten wäre die Prinzessin in den Wald spaziert. „Ich darf, ich darf, ich darf nicht vom Fleck!" ermahnte sich das Mädchen. Endlich wurde es Nacht. Sie hörte das Pferd ihres Geliebten.

Als der Vollmond hinter dunklen Wolken hervortrat, flammte ein rotes Feuerband an der Grenze zwischen Buschland und Zauberwald auf. Audacieux sah jenseits einen Drachen sich heranwälzen. „Sei mir gegrüßt, Nebenbuhler!", rief jener heiser. „Bist du wie ausgemacht allein? Trägst du keine Waffen?" „Schau mich an, Nebenbuhler!", rief der Ritter zurück. „Siehst du eine Waffe in meiner Hand? Einen Menschen in meiner Nähe?" „Gut, Ritter, dann gib mir übers Feuer hinweg deine Hände!" Audacieux hatte ein silbriges Gewand und silbrige Handschuhe an. Mit denen griff er voll Abscheu nach den Vorderklauen des Drachen, der sich auf seinen kurzen Hinterfüßen aufstellte. Lilifee verfolgte atemlos das Geschehen.

Ihre Anwesenheit verlieh dem Ritter ungeahnte Kräfte. Zuerst wurde sein Oberkörper in Richtung Zauberwald gezogen, doch dann kam der grünschillernde Dino ins Schwanken und taumelte vorwärts. Fast wäre es Audacieux gelungen, den Feind auf seine Seite zu ziehen, als er plötzlich im Hintergrund noch zwei leuchtende Augen erkannte. Verdoppelte sich nicht auf einmal die Kraft des Jungdrachen? Schon wurde der Fuß Audacieux`s über die Grenze gezogen, als dieser schrie: „Assistant, zu Hilfe!" Auf dieses Stichwort hin warf ihm Lilifee das Schwert zu. Von drüben musste das wie Zauberei aussehen. Der Ritter fügte dem Drachen eine schwere Wunde zu, trat dabei aber kurz mit beiden Beinen in den Wald. Schnell rammte er sein Schwert auf die sichere Seite, um sich damit hinüberzuschwingen. Doch während eine hohe und eine tiefe Stimme aufheulten, spürte Audacieux, wie er schrumpfte. Er sah mit Entsetzen, dass er zu einem Kater geworden war!

Lilifee schrie auf, packte rasch ihren verzauberten Geliebten, das Schwert und schwang sich mit beiden auf ihren bereitstehenden Schimmel Schimmermähne. Im Galopp traf sie beim Schloss ein. Der Kater tröstete mittlerweile seine Freundin: „Ich werde im Park wohnen, Liebste, miau, in der Nähe des Forellenteichs. Da können wir uns, miau, jede Nacht treffen." „Gut, Liebster, ich werde kommen, sobald die Schwester schläft."

Als Ritter Audacieux nicht mehr auftauchte, glaubte jeder, er habe sich im Zauberwald verirrt. Und die Ringe unter den Augen von Lilifee wurden als Zeichen der Trauer gedeutet. Die Liebenden aber trafen sich Nacht für Nacht am Forellenteich. Audacieux hatte seine Flöte dabei und während er spielte, tanzte und sang seine Freundin dazu.

Eines Nachts wachte Edelinde auf und sah, wie ihre Schwester, mit der sie in einer Kemenate schlief, sich ganz leise, leise anzog. Neugierig folgte sie Lilifee und beobachtete die rührende Szene. Da gab sie sich zu erkennen und bat die beiden, sie in ihr Geheimnis einzuweihen. „Was sollen wir tun, Edelinde? Wie kann

35

Audacieux je wieder seine wahre Gestalt erhalten? Wen sollen wir um Rat fragen? Die Eltern dürfen nichts erfahren!" „Ich glaube, wir sollten alle anderen Schwestern fragen. Gemeinsam werden wir euch vielleicht helfen können!"

In der nächsten Nacht trafen sich alle bei dem unglücklichen Paar. Sie hatten sogar ihre Instrumente mitgebracht, um ihnen durch die Musik die Trübsal zu verjagen. Ortrud ergriff als erste das Wort. „Ich meine, du musst Dino vormachen, dass du ihn liebst und ihn besuchen möchtest." „Niemals! Er ist widerlich!" „Natürlich, Schwesterchen, doch nur e r hat Zugang zu den Zauberbüchern!"

„Ja, das stimmt schon. Aber ich kann ihm keinen L i e b e s b r i e f schreiben!" Da legte Amadea ihren Arm um Lilifee. „Ich mache das schon für dich." Bald lag ihr Entwurf vor.

„Liebster Dino,
ich muss dir ein Geständnis machen: Nachdem du Audacieux in einen Kater verzaubert hast, ist er für mich uninteressant geworden. Ich denke nur noch an deine feuerspeiende Kraft! Gern möchte ich mich einmal mit

dir treffen. Doch du musst mir ein Zaubermittel verraten, wie ich ganz bestimmt wieder aus eurem Bannwald herauskomme.

Auf baldige Antwort von dir wartet ungeduldig Lilifee.“

Im zweiten schwarzroten Antwortschwefelbrief stand, dass Dino die junge Elfenprinzessin am übernächsten Abend nach Sonnenuntergang an der Zauberwaldgrenze sehnlichst erwarten würde. Lilifee solle einen Kräuterstrauß aus Salbei, Thymian und Bilsenkraut dabei haben. „Wie komme ich nur zu Bilsenkraut?“ klagte Lilifee. „Das kann ich dir besorgen“, tröstete sie Edelinde. „Im Hospiz wird Bilsenkraut bei starken Schmerzen verwendet.“

Am nächsten Abend ging Lilifee nach Sonnenuntergang mit zitternden Knien und dem Kräuterstrauß auf die Grenze zu. Sie sah zwei grüne Augen funkeln. Kleine Feuerwölkchen kündigten den Drachen an. „Hallo, liebe Lilifee, kleine Elfe, wie schön dich zu sehen. Hab keine Angst, tritt einfach in unseren Wald. So etwas Fantastisches hast du bestimmt noch nie gesehen!“ Da musste Lilifee Dino Recht geben. Denn neben den Nadel- und Laubbäumen wuchsen hier Riesenfarne und tropische Pflanzen. Unter Palmen blühten Orchideen, Rosenbüsche standen neben Kakteen und dann gab es wieder dunkle Flächen voll turmhoher Riesenbäume, so groß wie Kathedralen! Papageien flogen herum, Affen schrien, Tauben gurrten, Raben krächzten, Eulen schrien, Nachtigallen sangen, Fledermäuse huschten herum... Zwischen den Bäumen spazierten Rehe, Hirsche, Dachse, grunzende Wildschweine. Ein Einhorn rannte über eine Lichtung. Einmal schrie Lilifee auf, denn sie glaubte einen Tiger im Dickicht erkannt zu haben! Dino bemerkte ihr Erschrecken. „Du brauchst keine Angst zu haben, Lilifee, in meiner Nähe sind alle Tiere zahm!"

Sie kamen an eine abgrundtiefe Schlucht, in der ein Fluss rot und langsam sein Mäander in tiefes türkisfarbenes Gestein fraß. „Dort unten ist unsere Höhle!", rief Dino fröhlich. „Wie kommen wir denn dorthin?", flüsterte Lilifee. „Kein Problem!", lachte der Drachen. Er holte aus seinem Rucksack einen sternbestickten, dunkelblauen Mantel hervor. „Mein Zauber- und Flugmantel. Wenn ich ihn angezogen habe, kletterst du auf meinen Rücken und wir fliegen im herrlichen

Sturzflug nach unten!" Dinos Augen funkelten. „Könnte ich nicht lieber doch zu Fuß gehen?", fragte die Elfenprinzessin vorsichtig. „Unsinn! Das dauert Stunden. Fliegend sind wir in 10 Minuten da. Es wird dir Spaß machen, heiliges Drachenehrenwort!" Zitternd legte Lilifee ihre Arme um Dinos Hals. Er juchzte, ruderte mit den schuppigen Vorder- und Hintergliedmaßen und steuerte mit dem Schwanz. Noch eine Rechtskurve, dann senkte sich das Drachenflugzeug und fuhr langsam seine Beine aus. Der schwarze Sandboden bebte. Am Ende der Schlucht lag eine weiß leuchtende Kalksteinhöhle.

Der Eingang war ein Tor in Form einer Fratze, die Dino mit einem Schlangenschlüssel öffnete. „Und dann betraten wir die großartigste Tropfsteinhöhle, die ihr euch vorstellen könnt!", erzählte Lilifee später ihren gespannten Zuhörern am Teich. „Na, war er aufdringlich zu dir, miau, dieser Drachenkerl?", wollte Audacieux wissen. „Einmal hat er mich mit seinem spitzen Maul und den Riesenzähnen küssen wollen, igitt! Aber da hab ich mich schnell weggedreht und gesagt, dass mir meine Eltern verboten hätten, junge Männer zu küssen, bevor ich verlobt sei..." Audacieux kicherte, strich um ihre Beine und schnurrte. „Und wie war die Höhle denn eingerichtet?", fragte Edelinde. „Also, wir kamen in eine riesengroße Halle mit Bärenfellen auf dem Boden, Eisspiegeln und ausgestopften Tieren an den Wänden. Einige schienen mir zuzublinzeln! Die Küchenhöhle fand ich ziemlich gruselig: In der Mitte brannte ein großes Feuer; darüber hingen Kessel, aus denen es stank; in der rechten Ecke sah ich einen dunkel glänzenden See, vor dem ich mich in Acht nehmen sollte, er sei sehr tief. Und an den Wänden sah man viele Kräuter, Drachenzähne und Tierborsten..."

„Und was habt ihr die ganze Zeit gemacht?" „Ahnst du, wo die Zauberbücher sind? Und wo die Gefangenen stecken?" Fragen über Fragen. Lilifee erzählte, dass Dino nicht überall hindürfe. Es gäbe nämlich verborgene Gänge, die seine Eltern immer allein aufsuchen würden. Er habe Zauberunterricht bei einem alten Drachen Dr. Rex. „Da hilft nur eins", stellte Ortrud fest. „Man muss Dinos Neugier und seinen Abenteuerdrang verstärken." „Genau, und Lilifee muss ihn in Sicherheit wiegen, so dass er ihr ganz vertraut, ergänzte Edelinde. „Ich habe da eine Idee", rief Amadea. „Also: Du teilst Dino mit, dass deine Eltern strikt gegen eine

Verbindung mit einem Drachen seien. Da du aber nun mal in Dino verliebt seist, müsstest du deine Eltern kurzfristig in Tiere verwandeln. Nach eurer Hochzeit wolltest du sie natürlich wieder entzaubern. Habt ihr verstanden?" „Einfach genial!", miaute der Kater. „So kommst du an die Zaubersprüche!"

Wie erwartet schnappte der Drachen nach dem Köderbrief. In seiner Antwort stand, dass seine Eltern nächstes Wochenende bei einem Zauberwettkampf seien. Er wolle seinen Lehrer bitten, sein Zauberbuch dazulassen, da er Lust habe weiter zu studieren.

Am folgenden Tag winkte Ortrud nach dem Mittagessen ihre Schwestern zu sich. Es habe Ärger gegeben. Ein Page habe ihrem Vater von ihren nächtlichen Zusammenkünften berichtet, er habe sie zur Rede gestellt und ihr sei spontan folgende Ausrede eingefallen: Es sei eine Überraschung für ihre Mutter, die ja Mitte September Geburtstag habe. Die Elfen würden als Überraschung für sie ein Geburtstagsständchen einüben in den lauen Sommernächten. „Doch nun müssen wir auch wirklich ein Musikstück aussuchen und eifrig üben!" Lilifee nickte und sagte ganz ernst: „Ich glaube, dass sich am Geburtstag unserer Mutter alles entscheiden wird. Bis dahin muss ich zu den Zaubersprüchen kommen!"

Dann rückte das letzte Augustwochenende heran, das neue Rendezvous zwischen Lilifee und Dino. Das Wetter schlug um. Schwere Wolken zogen auf. Blitze zuckten zwischen den exotischen Blüten. Der Donner hallte mit Echo durch das Gewirr der Zauberbäume. Und dann prasselte Regen auf die gewaltigen Farne. „Kein Problem, kleine Elfe. Ich zaubere dir einen Regenschutz!", sagte Dino, brach ein Farnkraut ab, holte seinen Zauberstab und sagte singend:

„Farnkraut hier im Zauberwald,

riesig, grün und ururalt,

eins zwei drei, einerlei, Hexerei,

hokuspokus, horch aufs Gewürm:

Werd sofort ein Regenschirm!"

Und schon wölbte sich ein großartiger Farnkrautschirm über beide und wieder gelangten sie im Sturzflug zu der Höhle. Lilifee ging ein wenig auf Dinos Annäherungen ein, wie sollte sie sonst sein Vertrauen gewinnen? So ließ sie es also geschehen, dass er auf seinem grasgrünen Plüschsofa vor den roten Wänden seiner Wohnhöhle den kurzen Vorderarm um ihre

Schulter legte. „Was meinen eigentlich deine Eltern zu einer Hochzeit zwischen uns?" „Nun, eine Zauberperson oder eine Drachenfrau als Schwiegertochter wäre ihnen natürlich lieber. Aber was soll's!", tröstete sie der Drachen. „Aber ich bin sehr am Zaubern interessiert!", meinte Lilifee. „Kannst du mir beibringen, wie ich Menschen in Tiere verwandle?" Dino schüttelte bekümmert den Kopf. „Leider noch nicht. Die Kunst Lebendiges in Lebendiges zu verwandeln kommt erst nächsten Monat dran, z. B. Tiere in Tiere, Tiere in Menschen und Menschen in Tiere." Lilifee überwand sich und schmiegte ihr Köpfchen an Dinos schuppige Brust. „Ach, Dino, ich möchte rasch deine Frau werden. Und ich habe daran gedacht, dass wir deine Eltern und dich zum Geburtstag meiner Mutter am 25. September einladen. Da könnte ich deinen Eltern beweisen, wie gut ich schon zaubern kann, wenn ich meine Eltern zum Beispiel in ein Papageienpärchen verwandle. Nach der Trauung entzaubere ich sie rasch wieder und dann feiern wir alle gemeinsam ein rauschendes Fest!" Dino drückte Lilifee so fest an sich, dass es ihr weh tat. „Großartig! Wir schauen gleich im Zauberbuch von Dr. Rex nach. Muss ja mein Lehrer nicht erfahren."

Das Buch roch nach Knoblauch und war schon an den Seiten vollgekritzelt. Lilifees Herz klopfte. Wenn Dino nun einen Fehler machte? Er wollte zuerst seine Höhlenfledermaus in einen Hund verwandeln. Der Zauberspruch klang schwierig, wegen der lateinischen Fremdwörter. Auf einmal rannte ein kläffender Köter herum, er hatte allerdings außer Füßen auch noch Fledermausflügel. „Verflixt, ich habe was verdreht!" „Macht nichts, Dino. Das ist ja ein richtiger Flughund! Super. Das möchte ich mal zu Hause mit meinem Wellensittich probieren. Und später mit unserem Mathelehrer, dem möchte ich mal einen Denkzettel verpassen. Ich muss doch erst üben, ehe das mit meinen Eltern klappt!" Und da Lilifee den Drachen über den grünen Klee lobte, schrieb er brav alle Verse auf Pergament, auch noch die folgenden Verwandlungsvariationen und Entzauberungen.

Plötzlich bebte der Boden. Man hörte ein lautes Schnauben und ein schrilles Kichern. „Teufel auch, meine Eltern sind früher zurück!" Schon rief eine hohe Stimme: „Dinolein, wo bist du?" „Dinolein, Dinolein, ich kann's nicht mehr hören!", brummte der jugendliche Drachen... Dann wurde die Höhlentür aufgestoßen. Die

Zauberin stürmte herein mit wallendem roten Haar und einer schwarzen Katze auf der Schulter. „Du hast Damenbesuch??" Hinter ihr war ein nach Schwefel stinkender Drachen zu sehen, der fast den ganzen Raum ausfüllte. Wütend stieß er ein paar Feuerwölkchen aus. „Das war eigentlich sooo nicht ausgemacht, mein Sohn!" „Aber es ist doch Lilifee, ihr kennt sie ja. Sie interessiert sich sehr fürs Zaubern, wir haben den ganzen Abend Zaubersprüche studiert!" „So? Das gefällt mir, mein schönes Kind", sagte der Vaterdrachen versöhnlich und tätschelte Lilifees Schulter, wobei sie zusammenzuckte. „Vielleicht wirst du noch eine brauchbare Zauberin, wenn du einmal", er hüstelte, „zu unserer Familie gehören wirst." „Ja", sagte Lilifee eilfertig, „das hoffe ich auch. Dino hat mir die Sprüche alle aufgeschrieben." Die Zauberin war wieder besserer Laune und wandte sich Lilifee zu: „Du musst aber alles auswendig lernen und einen guten Zauberstab verwenden. Hier, ich schenke dir meinen. Mit dem habe ich gerade einen Jäger, der sich in unseren Wald verirrt hat, in ein fettes Wildschwein verwandelt." Sie kicherte: „Gute Nahrung für den Winter!" Lilifee erzitterte. „Ich glaube, ich muss jetzt wieder nach Hause... Dankeschön für den Zauberstab!"

So verließ sie mit ihren wichtigen Zauberutensilien und dem Kräuterbüschel den gefährlichen Wald. Schimmermähne wieherte freudig, als er seine Herrin erkannte.

In der nächsten Nacht erzählte Lilifee ihre Erlebnisse und alle lobten ihre Courage, während die Geschwister und Audacieux voll Feuereifer weiterhin ihr Geburtstagsquintett übten. „Morgen früh lerne ich den Zauberspruch auswendig", versprach die jüngste Prinzessin. „Und morgen Nacht, miau, versuchen wir damit unser Glück", schnurrte der Kater mit Tränen in den Augen. Als es so weit war, sprachen alle Schwestern und Audacieux ein Gebet. Nun hob Lilifee ihren Zauberstab, berührte damit den Kater und sagte fehlerlos den Zauberspruch auf. Da stand der schlanke schwarzhaarige Ritter wieder vor ihr und die beiden fielen sich in die Arme. Die Schwestern weinten vor Glück. „Doch was machen wir jetzt mit ihm?", fragte Amadea. „Er sollte sich noch nicht zeigen, sonst könnte es sein, dass Dino irgendwie von seiner Verwandlung erfährt." „Am besten versteckst du dich im Gartenpavillon", schlug Ortrud vor.

Nach längerer Beratung war man übereingekommen, die Eltern jetzt in die ganze Problematik einzuweihen, damit am Geburtstag der Mutter alles reibungslos verlief. Für Dino, den Lilifee ja mit der Zeit recht sympathisch gefunden hatte, hatte sie sich etwas Besonderes ausgedacht...

Der 25. September nahte. Die Drachen- und Zauberfamilie war für 17 Uhr geladen. Alle in der Elfenkönigsfamilie waren furchtbar nervös. Audacieux durfte sich erst zeigen, wenn die Verwandlung vorbei war.

Kurz vor 17 Uhr hörte man vor der Zugbrücke ein lautes Schnauben. Die Gäste starrten mit überraschten Augen aus den hohen Fenstern des Festsaals. Ein großer und ein kleiner Drachen flogen ein. Auf dem großen Drachen saß eine feuerrote Hexe. „Meine Überraschungsgäste!", rief Lilifee stolz ihren Eltern zu. „Dino, mein künftiger Mann, und meine Schwiegereltern!" Der nichteingeweihte Hofstaat ließ ein „Oh" und „Ah" hören. Einige Hofdamen fielen in Ohnmacht, als sich die Drachen über die Zugbrücke wälzten. Lilifee eilte auf Dino zu und umarmte ihn. „Tochter!", schrie da

König Dankwart wie vorher ausgemacht, „wie kannst du es wagen unsere Feinde einzuladen?! Niemals gebe ich dich einem Drachen zur Frau!" „Nein, niemals", jammerte Königin Sybille auf ihr Stichwort. „Und das noch an meinem Geburtstag!!" „Dann", rief Lilifee ihren Eltern zu, „werdet ihr meine neugelernte Zauberkunst kennenlernen!" Dino und seine Eltern grinsten voll Vorfreude. Da zog Lilifee ihren bisher versteckten Zauberstab hervor, wandte sich blitzschnell dem Vaterdrachen und der Zauberin zu, berührte sie und spulte ihren Spruch herunter. Es gab einen furchtbaren Knall, der Hofstaat schrie auf – und zwei bunte, schöne Papageien saßen in einem Käfig...

„Das ist ein Versehen, Lilifee, du hast einen Fehler gemacht!", schrie Dino.

„Oh nein", antwortete Lilifee. „Aber du darfst ein Drachen bleiben, weil du immer ganz nett zu mir gewesen bist", und damit berührte sie auch ihn mit dem Zauberstab und lieferte ihr nächstes Sprüchlein ab. Was geschah?

Ein grüner Papierdrachen lag vor den staunenden Zuschauern, mit roten Schleifchen als Drachenschwanz...

„Gott sei Dank, alles lief nach Plan!", rief König Dankwart tief aufatmend aus, umarmte seine Frau und beide küssten ihre Töchter. „Liebe Gäste, lieber Hofstaat, wir sind euch eine Erklärung schuldig!" Und daraufhin erzählte der König die Vorgeschichte dieses merkwürdigen Vorgangs. „Und hier ist der wahre Grund unseres Verwirrspiels: Ritter Audacieux aus der Normandie, den wir in den Klauen der Zauberdrachenfamilie wähnten. Dabei war er in einen Kater verhext worden, den unsere kluge Lilifee mit Hilfe ihrer tüchtigen Schwestern wieder zurückverwandelt hat in seine ansehnliche Gestalt." Bei diesen Worten öffnete sich eine Seitentür und der Ritter erschien in strahlender Rüstung. Er eilte auf Lilifee zu, küsste sie und blickte gerührt auf den am Boden liegenden Papierdrachen. „Hier liegt mein Nebenbuhler... Vielleicht werden unsere Kinder einmal mit ihm spielen... Doch nun möchte ich offiziell um die Hand Ihrer Tochter Lilifee, der jüngsten der vier Elfenprinzessinnen, anhalten, König Dankwart und Königin Sybille!" Der Hofstaat klatschte begeistert Applaus.

„Gerne", sagte König Dankwart und drückte ihm die Hand, „die Hochzeit soll gut ein Jahr nach Ortruds

Hochzeit sein, die ja im nächsten Frühjahr stattfinden wird. Lilifee ist nämlich noch ein wenig jung für eine Heirat..."

„Liebe Eltern, ihr könnt viel Geld sparen, wenn ihr meine Hochzeit auch gleich mit Lilifees Fest feiern wollt", ergriff da Amadea die günstige Gelegenheit und zog aus den Umstehenden einen Mann an der Hand zu sich mit langwallender roter Perücke und klugen dunkelbraunen Augen: Es war Signor Rossi, der Sprachenlehrer aus Venedig. „Wir lieben uns schon lange und bitten um Euren Segen." „Amadea wird die schönste und edelste Perle in unserem Venezianischen Palazzo sein!", sagte der Lehrer charmant mit einer Verbeugung. „Frau, können wir da nein sagen?" „Ach, du weißt ja, wie sehr ich Venedig liebe...", seufzte Königin Sybille. Nun klatschte der Hofstaat noch lauter. Als aber Edelinde sich neben ihre Schwestern stellte, wurde es ganz leise.

„Liebste Eltern, wollt ihr nicht auch einmal nach Irland, auf diese wundervolle grüne Insel?" Alle starrten auf die zarte Edelinde, die manche sich schon als Nonne vorgestellt hatten. „Ich gestehe", sagte sie mit sanft zitternder Stimme, „ich musste in den letzten Wochen immer wieder an den irischen Prinzen denken, der um meine Hand angehalten hat. Ich werde sie ihm geben, mit Eurer Einwilligung." Da weinten die Eltern vor Rührung und auch Wehmut. „Doch dann, liebe Edelinde, feiere du im Spätjahr nach der Doppelhochzeit, so haben wir wenigstens eine Tochter noch etwas länger bei uns wohnen. Und wir erleben das Freudenfest einer Hochzeit mehrmals!" Und nun wollte das Vivatrufen und Applaudieren gar kein Ende mehr nehmen.

„Halt!", sagte da Audacieux. „Eigentlich sind ja Sie, gnädige Frau Königin, heute die wichtigste Person im Saal, da Sie Ihren Geburtstag feiern. Und deshalb wollen wir Ihnen endlich unser Geburtstagsgeschenk machen: Wir spielen jetzt ein Quintett unseres allseits geschätzten Hofkomponisten Enrico Purgatelli. Maestro, darf ich bitten?"

Ein hagerer, älterer Mensch mit weißer Perücke löste sich aus dem Hofstaat und bestieg ein Podest, auf dem schon fünf goldene Stühle bereitgestellt waren. Darauf nahmen die vier Schwestern und Monsieur Audacieux mit ihren edlen Instrumenten Platz: der Rebec, der Fidel, der Schoßharfe und den zwei Längsflöten. Signor Purgatelli ergriff den Dirigentenstab und los ging's: Man lauschte drei Sätzen eines bezaubernden Quintetts, einem Allegro, einem ruhigen Menuett und einem rasenden Presto.

„Bravo, bravo!", tönte es von allen Seiten. Plötzlich schrak Lilifee auf und sagte zu ihrem Verlobten leise: „Wir haben die Verzauberten in der Höhle vergessen! Wir müssen sie unbedingt erlösen." Audacieux nickte: „Morgen früh ziehe ich mit dir und einem Trupp Soldaten in den Zauberwald, Liebste."

Doch als sie dorthin kamen, fanden sie nur noch einen normalen Mischwald vor, in dem einige Männer und Frauen herumirrten und dankbar waren, auf ihre Retter zu stoßen. „Gestern Nachmittag begann auf einmal die Höhle zu zittern und wir bekamen schlagartig unsere ehemalige Menschengestalt zurück. Rasch eilten wir aus der Höhle, die hinter uns einstürzte. Wir haben im Wald übernachtet." Als die Leute von dem Untergang der Zauberfamilie gehört hatten, dankten sie der Prinzessin und ihrem Ritter von ganzem Herzen. Manch eine Bauersfrau, manche eine Beerensammlerin, manch ein Jäger oder manch ein Reiter war unter den Entzauberten. Und sie feierten ein glückliches Wiedersehen zu Hause.

Der ganze Spuk hatte also ein Ende gefunden. Und wenn sie nicht gestorben sind, die vier Elfen, dann leben sie noch immer glücklich mit ihren Ehemännern und Kindern und treffen sich ab und zu bei ihren Eltern auf dem zauberhaften Schloss am Rande des verträumten Sees, um wieder einmal zwischen Seerosen und Libellen zu schwimmen, ein Quintett zu spielen und sich zu erinnern an den Zauber und den Schrecken vergangener Zeiten.

DIE ELFENHOCHZEITEN

Kaum war der denkwürdige 25. September mit der Verzauberung der Drachen- und Hexenfamilie vorbeigegangen, da wollten Elfenkönig Dankwart und seine Gemahlin Sybille ihre ganze Aufmerksamkeit der im Frühjahr bevorstehenden Hochzeit ihrer ältesten Tochter Ortrud widmen. Doch mittlerweile war eine neue Gefahr aufgetaucht.

Der Zauberwald, der sich ja nach dem Verschwinden der Drachenhöhle in einen normalen Wald zurückverwandelt hatte, wurde trotzdem noch aus unerklärlicher Furcht von vielen Bewohnern der angrenzenden Dörfer gemieden. Im Oktober verlief sich ein Hirte auf der Suche nach einem abtrünnigen Schaf im Dunkel des Dickichts. Er fand zwar das Schaf, aber auch eine windschiefe Hütte mit dem Schatten eines hexenhaften Weibes darin, das er noch nie gesehen hatte. Schnell floh er. Auch zwei unverdrossene Wanderer waren diesem Weib begegnet. Im November tauchte dann in den Ortschaften eine runzlige, warzentragende Händlerin auf, welche einen Käfig mit prachtvollen Vögeln und einem Äffchen gegen altersschwache, müde Vögel tauschen wollte.

Im Dezember wurde mit dem eisernen Löwenkopf an das Schlosstor geklopft und eben dieses Händlerweib begehrte Einlass. Nur Lilifee war als einzige der Elfenschwestern zu Hause und schöpfte sofort Verdacht. Die Hexenhändlerin sprach mit schmeichlerischem Ton. „Mir ist zu Ohren gekommen, dass ihr zwei Papageien habt. Sind sie nicht vielleicht schon alt und sing- und sprechmüde? Wollt ihr sie nicht tauschen gegen diese prachtvollen Exemplare? Oder gar gegen das muntere Äffchen, mein schönes Fräulein?" Aber das schöne Fräulein hörte auf seine innere Stimme, obwohl sie das Äffchen bezaubernd fand, und sagte darauf: „Recht habt ihr, Alte, wir hatten bis vor kurzem zwei alte Papageien, zwar schön anzuschauen, aber mit schrecklich krächzender Stimme und ohne jede Lust uns ein Wörtchen nachzuplappern. Auch fielen ihnen ihre Federn aus. Sie ärgerten uns so sehr, dass wir sie schon bald auf dem nächsten Jahrmarkt verkauft haben."

Nie hatte Lilifee einen Mensch so schrecklich schreien hören. „Verkauft sagt ihr? Geärgert haben sie euch, sagt ihr? Meine Schwester, mein Schwager, die du verzaubert hast, du hinterhältige Elfe? Aber ich werde sie schon finden und sei's in den entferntesten Erdteilen und wieder entzaubern! Auch den süßen Dino, mein Patenkind, werde ich in eurem Schloss aufspüren und entzaubern! Ihn zu einem Papierdrachen zu machen, welche Schande!! Wenn sie aber wieder ihre wahre Gestalt haben, wehe euch! Bis dahin aber sollst du und deine Schwestern, sollt ihr Elfenpack verflucht sein! Bei jeder eurer Hochzeiten wird ein schlimmes Übel eintreten – ihr werdet's schon sehen!" Und damit packte sie schimpfend und keifend und hustend ihre Käfige und verzog sich Richtung Wald.

Dinos Mutter hatte also eine Schwester, die auf Rache aus war! Nun war guter Rat teuer. Aber wofür gab es einen Elfenfamilienrat? Auf ihm erzählte Lilifee kleinlaut die missliche Geschichte. Ortrud vergrub ihren Kopf in den Händen. Amadea stöhnte. Edelinde weinte. Und Lilifee machte das traurigste Gesicht ihres Lebens. Kein Verlobter war zur Zeit im Schloss anwesend, sie waren alle in ihr Heimatland gefahren, um mit ihren Eltern die bevorstehenden Hochzeiten zu planen.

König Dankwart lief unruhig auf und ab, während Königin Sybille schluchzte. „Da hilft uns nur eines!" König Dankwart setzte sich wieder an den runden, mahagonifarbigen, intarsiengeschmückten Familientisch. „Der Gefahrenzauber muss uns retten!" Königin Sybille nickte. Sie flüsterte: „Ja, Gott sei Dank haben wir den noch für euch aufgespart." Die Schwestern blickten erstaunt. „Was ist mit ihm? Erzählt endlich!", riefen alle. „Also, wie ihr wisst, können wir Elfen eigentlich nicht zaubern, außer, wenn wir wie Lilifee es von anderen Wesen gelernt haben. Aber zu eurer Geburt hat jede von euch von Neptun, dem Bewacher dieses Sees, einen Schutzzauber geschenkt bekommen, den ihr nur einmal im Leben bei großer Gefahr einsetzen dürft." „Davon habt ihr uns ja noch nie etwas gesagt!", wunderten sich die vier Töchter. Ihre Mutter meinte: „Das ist auch besser so, denn sonst hättet ihr den Schutzzauber vielleicht unsinnig vergeudet."

König Dankwart hatte sich entfernt und kam nach einiger Zeit mit einem silbernen Kästchen wieder. Er öffnete es mit einem Schlüssel, den er um den Hals trug und nach dessen Bedeutung die Elfen schon als

Kinder neugierig gefragt hatten. „Das erfahrt ihr noch früh genug!", hatte ihr Vater damals gemeint.

Jetzt war es also so weit. Er öffnete das Kästchen und gab jeder Tochter ein Schilfblatt, das mit ihrem Namen versehen war und auf dem der jeweilige Zauberspruch in goldner Schrift stand. „Prägt euch jetzt diesen Zauberspruch ein, nur ihr dürft ihn verwenden. Ihr habt dazu solange Zeit, wie die Sanduhr rinnt. Schreibt ihn nicht auf, denn wenn er jemand anderem in die Hände fallen würde, ist sein Zauber verloren. Wiederholt ihn so oft, dass ihr ihn nie mehr vergessen könnt. Sagt ihn euch auch beim Einschlafen und Aufwachen vor. Aber verratet ihn niemandem, außer vielleicht euren Schwestern. Und nun, Mutter, lass die Sanduhr laufen."

Die Töchter lernten ihre Sprüche wie Vokabeln. Amadea, die Sprachbegabte, konnte ihn am schnellsten auswendig. Nun spickte sie noch ein wenig bei ihren Schwestern und prägte sich auch ihre Sprüche ein, sicherheitshalber. Dann wurden sie abgefragt. Und anschließend mussten die Eltern schweren Herzens die Schilfblätter in winzige Stücke reißen und in den See streuen. Danach gingen alle schlafen, mit ein wenig leichterem Herzen, wobei die Elfenschwestern ihren Schutzzauberspruch in die Träume hineinnahmen. Lilifee träumte schwitzend, sie hätte ihn vergessen...

Am nächsten Tag beriet die Familie, was mit den Papageien und dem Dinodrachen geschehen solle. Die Hexenschwester durfte sie auf keinen Fall im Schloss entdecken. Man entschloss sich also, die Papageien wirklich in einer entfernten Stadt auf dem Jahrmarkt zu verkaufen. König Dankwart musste geschäftehalber nach Spanien und versprach, die gefährlichen Tiere dort loszuwerden. Königin Sybille, die Drachen über alles verabscheute, schlug vor, den Papierdrachen zu verbrennen. Dagegen war nun die mitleidige Lilifee. „Ich verschnüre ihn zu einem kleinen Paket und verwahre ihn auf dem Speicher. Audacieux hat selber gesagt, vielleicht spielen noch unsere Kinder mit ihm!" „Also gut, Kind, doch vergiss nie, wie gefährlich er werden könnte, wenn er wieder entzaubert würde!"

Nach einer wunderschönen Elfenweihnachtsfeier, bei der die Schwestern wieder ein neues Konzert von Signor Purgatelli vorspielten, Ortrud auf der dreisaitigen Rebec, Amadea auf der Fidel, Edelinde auf der Harfe und Lilifee auf der Längsflöte, nach einem wahrhaft festlichen Fischmenü folgte wie immer das ausgelassene Silvesterfest. Bei ihm waren nun wieder alle Verlobten anwesend. Man veranstaltete ein Mitternachtsschwimmen – die Elfen waren auch bei kaltem Wetter begeisterte Schwimmerinnen und Taucherinnen. Der Ägypter Hassan, Ortruds Verlobter, und Domenico Rossi, der italienische Verlobte von Amadea, blieben fröstelnd am Seeufer stehen.

Nur Prinz Robby aus Irland und natürlich der kühne Audacieux aus Frankreich stürzten sich mutig ins kalte Wasser. Danach gab es ein heißes Dampfbad, Männlein und Weiblein getrennt, Punsch, Leckereien und ein faszinierendes Seefeuerwerk.

Ende Januar verabschiedeten sich die Verlobten mit heißen Küssen und Umarmungen. Anfang April würde man sich wieder sehen, bei der Beduinenhochzeit Ortruds mit Hassan, dem Sohn des Stammesfürsten am Rande der Oase Fayum.

Erst reiste die gesamte Großfamilie mit mehreren Kutschen vom Norden Deutschlands ins italienische Ancona, ans Adriatische Meer, wo Domenico Rossi zu ihnen stieß, und von dort hatten sie vor, mit einem Schiff zwei Wochen lang über das Mittelmeer, an der

Insel Kreta vorbei bis zu der ägyptischen Hafenstadt Alexandria zu segeln. Was für eine gewaltige und anstrengende Hochzeitsexpedition! Die Eltern bereuten schon, dass jede ihrer Töchter in ein anderes Land heiraten würde. Bisher war das Meer ruhig gewesen. Niemand wurde seekrank.

Doch südlich von Kreta schlug das Wetter um, was für diese Region sehr ungewöhnlich war. Dunkle Sturmwolken zogen auf. Der Kapitän und seine Mannschaft blickten besorgt zum Himmel und beratschlagten, welche Segel zu hissen seien. Ein furchtbares Unwetter braute sich zusammen und alle standen an der Reling und fühlten sich hundeelend.

Der Sturm heulte und warf das Segelboot auf den Wellen hin und her. Ob sie je Alexandria und Hassans Familie erreichen würden? Ortrud, der es noch am besten erging, grübelte. War das schon das Übel, das ihnen die Hexe prophezeit hatte? Sollte sie ihren Schutzzauber einsetzen oder musste sie ihn wie einen Joker für noch Schlimmeres bereithalten? Es war mondhelle Nacht. Wie ihre Schwestern konnte sie nicht schlafen. In Gedanken kletterten ihre Blicke an den Segelmasten hoch.

Plötzlich schrie sie: „Schaut mal, Edelinde, Amadea, Lilifee, da oben? Sitzt da nicht feixend eine alte Hexe?" Lilifee antwortete gegen den Wind: „Bei Gott, das ist die Hexenschwester! Sie scheint uns etwas zuzurufen!" Sie drängten sich um den Mast, um das böse Weib besser zu verstehen: „Na, ihr Täubchen? Geht's euch gut? Hihihihi. Aber es kommt noch schlimmer! Ihr werdet nur mit einem Wrack und tot oder halbtot zu eurer Hochzeitsfeier erscheinen, das versprech' ich euch!" Nun wusste Ortrud, was sie zu tun hatte. Laut schrie sie gegen den Wind: „Serenus, serena, serene, salve, salve Ortrude!"

Wieder ein furchtbarer, markerschütternder Schrei. Die Hexe stürzte vom Mast ins Meer, das sich augenblicklich beruhigte. Von einem Moment zum anderen legte sich auch der Sturm, so dass der Kapitän später von einem Wetterwunder sprach. Die Mannschaft fiel zu Boden, manche waren Moslems, und verneigten sich vor Allah. Die Schwestern, die Eltern umarmten Ortrud. „Du hast uns gerettet." „Nein, Neptun hat uns gerettet!" Und der Mond, der bald ganz voll sein würde, schien ihnen vom jetzt sternklaren Himmel herunter zuzulächeln.

In Alexandria wurden sie mit einer Kamelkarawane vom Hafen abgeholt und zur Oase Fayum geschaukelt. Dort wartete das prachtvolle Beduinenzeltlager auf die Gesellschaft. Allen fehlte zwar die unmittelbare Nähe des Wassers, wie sie es von ihrem Elfenschloss am See gewohnt waren. Doch gab es große Lehmbecken, die unterirdische warme Quellen auffingen. In dem einen durften die weiblichen Gäste, in dem anderen die Männer baden. Besonders faszinierte Ortrud, die ja Astronomie und Astrologie studiert hatte, der Wüstensternenhimmel mit seinen Millionen Sternpunkten, Sternhaufen, Sternbildern und mit der Milchstraße. Sie hatte schon vor der Hochzeit von Hassan ein riesiges Fernrohr geschenkt bekommen und studierte mit ihm den Himmel. In einem eigenen Zelt wurde die Braut vor der Hochzeit gebadet, gesalbt, bemalt, geschmückt. Sie trug eine weiße Seidengalabeya, in allen Farben bestickt, bekam Goldreifen an Händen und Fußknöcheln angelegt und sogar einen Nasenring. Über ihrem blond gewellten Haar, nur von einer weiß schimmernden Seerose geschmückt, lag ein zarter Schleier. Aber sie bestand darauf als Elfe, die einer Naturreligion angehörte, dass ihr Gesicht nicht verschleiert war.

Das Paar wurde am Abend unter freiem Himmel nach einem alten Beduinenritus von einem islamischen Geistlichen getraut. Beide saßen auf goldenen Thronstühlen, der Bräutigam Hassan trug eine gold-rotgestreifte Galabeya und einen großen roten Turban über seinem braunen Gesicht mit dem schwarzen Schnurrbart. Sein Vater, der Stammesfürst, thronte auf einem Kissen und zog ständig an einer edlen, blubbernden Wasserpfeife. Neben ihm hockte seine Lieblingsfrau, sehr breit und mit Henna tätowiert, mit klimperndem Silberschmuck an Händen und Füßen in einer schwarzen, buntbestickten Galabeya und mit einem Schleier um das Gesicht geschlungen, das nur die schwarzumrandeten Augen frei ließ. Nach der Trauung stand der Beduinenstammesfürst auf und sprach in lauten, kehligen Worten einen Segensspruch über die Brautleute. Signor Rossi übersetzte und alle schwiegen ergriffen. Dann hielt König Dankwart eine Lobrede auf das Brautpaar, Rossi war wieder der Übersetzer und er sprach von einer Fügung Gottes, Allahs, dass seine Tochter bei ihren Studien in Kairo den Astrologiestudenten Hassan kennen und lieben gelernt hatte. Königin Sybille, in einem in allen Grüntönen schimmernden Schilfkleid mit Krone, vergoss heimlich Tränen. Die ebenfalls mit Seerosen geschmückten Schwestern und ihre Verlobten blickten träumerisch in den Wüstenhimmel.

Amadea trug zusammen mit Signor Rossi ein langes Hochzeitsgedicht vor, den zweiten Teil auf Arabisch. Ein Beifallsturm brach los. Dann begannen die Festlichkeiten. Zu Trommeln, Flöten, zur Ud, der ägyptischen Laute und schluchzenden Geigen trillerten die Frauen des Stamms mit hohen Stimmen und verbreiteten eine elektrisierende Stimmung. Üppige Bauchtänzerinnen traten auf und mutige Stocktänzer. Dann wechselte man ins Festzelt, denn die Wüstennacht wurde frisch. Ach und wie es dort schon duftete nach Lamm, frischen Kräutern, Fladenbrot, Oliven, Auberginen und Paprika! Man trank starken, süßen Pfefferminztee und Zuckerrohrsaft, aber keinen Alkohol. Überall standen Schalen mit Feigen, Trauben, Orangen, Melonen, Mangos und Tabletts voller von Honig tropfender Kuchen mit Nüssen oder Kokosflocken. Es duftete nach Räucherstäbchen. Als das Festmahl beendet war, tanzten die Gäste noch bis weit nach Mitternacht. Endlich zog sich das Hochzeitspaar in sein buntes, etwas abseits auf einem Hügel stehendes Zelt zurück. So zogen die Festtage an der Gästeschar vorbei, wie Perlen an Schnüren durch die Hände gleiten. Nun nahm Ortrud Abschied von ihrer Familie und tröstete sie und sich: In einem Jahr würde man ja Lilifees Hochzeit feiern!

Im Februar des folgenden Jahres aber geschah ein Unglück:

Ritter Audacieux fiel bei einer Jagd in seiner Heimat so ungeschickt vom Pferd, dass er sich das rechte Bein und das linke Handgelenk brach. Nun war natürlich noch nicht an Hochzeit zu denken! Da beschlossen Amadea und Signor Silvano Rossi ihre Heirat in den Monat Mai und nach Venedig zu verlegen. Bis dahin würde Audacieux wieder humpeln können. Und Lilifee, die ja wirklich noch sehr jung war, entschied sich nun, als letzte den Hochzeitsreigen zu beschließen.

Venedig! Welch eine Traumkulisse für eine Hochzeit! Die Trauung fand in einer kleinen Kirche, in Santa Maria Coeli, statt und die ganze Hochzeitsgesellschaft wurde dorthin unter Gitarrenklängen in Gondeln durch die Lagunen gerudert, unter Brücken hindurch, vorbei an geschichtsträchtigen Plätzen und edlen Renaissancepalästen.

Amadea trug ein schweres, hellblaues Samtkleid, über und über mit silbernen Pailletten zu Seerosenmustern bestickt und in eine lange Schleppe auslaufend. Über ihre braunen Locken hatte sie einen Blütenschleier gelegt, gehalten von einer frischen rosa Seerose. Ihr Mann, Signor Rossi, trug einen dunkelblauen Samtanzug mit weißem Spitzenkragen und ebensolchen Manschetten. Auf seinen langen roten Haaren saß etwas schräg ein schwarzes Samtbarett mit einer weißen Feder.

In der nach Weihrauch duftenden Kirche mit den berühmten Fresken lauschten alle hingerissen einem Kirchenkonzert von Antonio Vivaldi, dem großen venezianischen Komponisten. Das Festmahl fand in dem Palazzo Rossi statt, der in der Nähe des Markusplatzes direkt an einem Kanal lag. Es war wie im Märchen. In allen Fenstern brannten Kerzen, denn man feierte erst am Abend. Der Speise- und Tanzsaal erstrahlte ebenfalls im Glanz von Kerzen, deren Licht sich wieder in den Spiegelwänden brachen. Wegen der Maiwärme konnten die Türen und Fenster geöffnet bleiben. Von der kleinen Wassertribüne drang Tafelmusik nach oben. Der leicht faulige Geruch des Lagunenwassers wurde wieder ausgeglichen von den ersten Rosengerüchen, von Jasmin-, Oleander- und Hibiskusduft und verstecktem Moschusparfüm. Obwohl alle hochgestimmt schienen, lag doch über dem ganzen Zauber eine unbestimmte Angstglocke. Denn die Drohung der Hexenschwester wurde von der Elfenfamilie und dem Bräutigam sehr ernst genommen. Wie konnte man sich vorbeugend schützen?

Zuerst wollten König Dankwart und Königin Sybille nicht erlauben, dass die Dienerschaft in venezianischen Masken auf- und abtrug. Doch da der Wunsch Amadeas so heftig war, überzeugte sie schließlich Silvano Rossis Beteuerung, dass er jeden der Diener seiner Eltern genau kennen würde.

Einmal verabschiedete sich Silvano mit einem feurigen Kuss von seiner jungen Gemahlin, um zwischen einer Gelagepause eine lustige Scharade draußen vorzubereiten. Da näherte sich eine Bedienung in schwarzem Kleid und feuerroter Katzenmaske der Braut und schenkte ihr miauend den schweren venezianischen

Rotwein nach. „Salute, bellisima!", hörte Amadea die Katze ihr zuraunen. Sie trank wie in Trance von dem Wein und lauschte der Stimme nach. Plötzlich erschrak sie zweifach. Ihr Magen krampfte sich zusammen und die Stimme schien ihr der hässlichen Hexenschwester geähnelt zu haben! Edelinde, die mit Prinz Robby neben Amadea saß, bemerkte, wie ihre Schwester ganz blass und zittrig wurde.

„Geht's dir schlecht?", fragte sie besorgt. Eben betrat ihr Schwager Silvano beschwingt den Festsaal, gefolgt von einer fantastischen Maskengruppe. Doch sofort bemerkte er die Veränderung seiner Liebsten. „Der Wein!", flüsterte sie. „Er war vergiftet! Die rote Katze, die Bedienung, - sie ist - die HEXE!" „Rasch, Amadea, erinnere dich an den Gegenzauber! Falle nicht in Ohnmacht, bitte!" „Oh verus, verus, vera, salve, salve Amadea!", flüsterte die Braut sich selber zu, während ihr der Angstschweiß ausbrach und sie wie im Fieber zitterte und mit den Zähnen schlug. Kaum aber war dieser kleine Spruch ihrem Gedächtnis entsprungen, hörte der entsetzliche Schwächeanfall schlagartig auf. Ihre wächsernen Wangen bekamen wieder eine leichte rötliche Farbe und ihr Mund lächelte, als sie die Schar der Tiermasken ansah. Silvano ergriff den gefährlichen Becher und schüttete ihn eigenhändig in die Lagune, zu all dem Gift, das dort schon immer herumschwamm.

„Nie war eine Katze unter den Bedienungen! Wer hat vorhin eine rote Katzenmaske gesehen?" Der junge Herr des Palazzo rief alles Personal zusammen und befragte sie sofort. Da meldete sich der Koch, den man aus der Küche geholt hatte: „Eben sah ich eine, wie sie fluchend und böse schreiend aus dem Hinterausgang floh – sie war mir sofort unheimlich." „Sie muss sich während des Festes eingeschlichen haben!", vermutete die für den Verlauf des Festes zuständige Patrona. „Es ist eine schlimme Feindin unserer Familie", stellte König Dankwart für die Schwiegereltern fest. „Doch nun ist ihr Zauber für heute gebrochen", seufzte Königin Sybille erleichtert. Da klatschte Lilifee in die Hände: „Also, auf, los geht die Scharade!" Und man amüsierte sich bei Essen, Spiel und Tanz noch bis spät in die laue venezianische Nacht.

Was für ein ereignisreiches Jahr für die Elfenfamilie! Im September war man eingeladen in den Westen von Irland, in die Nähe von Galway auf Dunquaire Castle, mit Blick zum wilden Meer. Der Graf Sean Mc Court und die Gräfin Maire hatten geladen. Sie waren umringt von einer munteren siebenköpfigen, sommersprossigen, rothaarigen Kinderschar, von denen Robby der drittälteste war. Während Edelindes Haare von dunklem Rot waren, leuchtete Robbys Pferdeschwanz in hellem Kupfer. Edelindes Hochzeitskleid war aus schwerer gelber Seide, mit Schleppe, auf dem mit verschiedenen Seidenfarben Heilkräuter aller Art und dazwischen Blumen gemalt waren. Da sie auch in Irland ein Hospiz aufbauen wollte, sah man in ihr so etwas wie eine weise Frau und verehrte sie jetzt schon. Sie würde einen Schleier aus Schilfblättern tragen, oben mit einer gelben Seerose und einer Perlenkette gehalten und eine kleine goldene Krone. Auch auf Prinz Robbys Pferdeschwanzfrisur würde eine goldene Krone sitzen. Der smaragdgrüne Seidenanzug stach wunderbar von seinen roten Haaren ab.

Doch bevor die Hochzeit in der schlosseigenen Kapelle zelebriert werden sollte, bestanden der Graf und die Gräfin sowie Robby darauf, davor einen Polterabend zu feiern, um alle bösen Geister, an die die Iren genauso wie an gute Geister glaubten, endgültig zu vertreiben. Es war schon ein wenig neblig abends, vom Meer stiegen weiße Schwaden auf und es brachen sich tosende Wellen an den schwarzen Felsen, wenn man aus den großen Schlossfenstern hinunter blickte. Lilifee fröstelte und ließ sich von Audacieux wärmend in die Arme nehmen. „Hier wollte ich nicht leben!", flüsterte sie, obwohl ihr die Einrichtung in den herrschaftlichen Räumen imponierte und ihr der große, herrlich angelegte Schlosspark gut gefiel, während ihr Verlobter die irischen Pferde bewunderte. Hassan und Rossi hielten sich am liebsten in der Nähe des rot leuchtenden Kamins auf, in dem Torf verbrannt wurde. Der Ägypter trank heißen Tee, der Italiener irischen Whisky zusammen mit Robby. Edelinde hatte in vielen Briefen die faszinierende Sagenwelt der Insel kennengelernt und auch schon manches Buch gelesen über Irlands Geschichte und seine vielen Schlösser, Naturwunder wie die Cliffs of Moher, seine Kreuze, Klöster und keltischen Heiligtümer. Sie brannte darauf, das Land mit eigenen Sinnen zu erleben.

Den sicher lauten Polterabend nahm sie in Kauf, freute sich aber, wenn er vorbei war. Denn dann wollten Prinz Robby auf der Fiddle, seine Freunde mit Dudelsack und Banjo und Edelinde auf der Schoßharfe einen irischen Hausmusikabend veranstalten. Aber wie bei jeder Hochzeit bangten die Elfengeschwister und ihre Eltern, was sich die Hexe wohl diesmal Hinterhältiges ausgedacht hatte... Man wollte morgen noch aufmerksamer Augen und Ohren offen halten.

Wie polterte man in Irland? Die ganze Gesellschaft, zu der Freunde und Verwandte von Robby, doch auch extra angereiste Freundinnen von Edelinde gehörten, traf sich im Innenhof des riesigen Dunquaire Castle. Es war schon empfindlich kühl und alle hatten sich in Kapuzenmäntel, Umhänge und sogar schon leichte Pelze gehüllt. In einem offenen Gartenkamin prasselte ein Feuer und an den Wänden wurden Fackeln entzündet. Hunde bellten, Pferde wieherten, Menschen lachten. Die fröhliche Dienerschaft brachte Körbe mit altem Geschirr, das nun von den Gästen unter viel Hallo scheppernd auf den Pflastersteinboden geworfen wurde. Prinz Robby und seine Verlobte, die morgen Prinzessin sein würde, fegten die Scherben zusammen, wobei es ihnen allmählich immer wärmer wurde. Eine Viertelstunde würden sie auf diese Weise schuften müssen, dann aber warteten in der großen Empfangshalle mit den edlen alten Möbeln Getränke aller Art und ein erlesenes Buffet. Plötzlich, während sich Edelinde mal wieder ein wenig stöhnend bückte und schippen wollte, flog von hinten aus der umherstehenden Gästeschar ein Teller wie ein Wurfgeschoss heran. „Vorsicht, Edelinde!" rief Ortrud geistesgegenwärtig, „dreh deinen Kopf weg, da kommt was geflogen!" Edelinde reagierte und konnte Schlimmeres verhindern, doch der Teller traf ihren Arm und schlug ihr eine tiefe Wunde, die arg blutete. Alles schrie auf. „Ein Anschlag!!" „Wer macht denn so etwas!" „Unglaublich!" Die Elfenfamilie und der bestürzte Robby wussten Bescheid. „Die verdammte Hexe schlägt schon heute zu..." Man schickte sofort eine Dienerin fort, um Verbandstoff und blutstillende Kräuter zu holen. Als sie wiederkam, hatte aber Edelinde schon ihren rettenden Spruch leise gesagt: „Wasser, Wolken, Wetter, Winde, salve, salve Edelinde!" Schlagartig beruhigte sich ihre stark blutende Wunde. Im Hintergrund hörte man einen bösen, enttäuschten Schrei und ein Schatten raste Richtung Meer.

Als die Dienerin kam, machte sie überraschte Augen, legte trotzdem noch einen Verband an. Und wie ein Lauffeuer ging dieses Heilungswunder durch die Schar der Gäste: Hatte man es nicht geahnt? Die neue Prinzessin war eine Heilerin, eine weise Frau! Sie schien sogar über Zaubersprüche zu verfügen.

Langsam beruhigte sich die Gesellschaft. Alle verzogen sich in den Festsaal zum Polterabendmenü. Selbstverständlich begleitete die Braut nun die Hausmusikgruppe nicht mit ihrem verletzten Arm. Edelinde genoss die irische Musik mit geschlossenen Augen. Bevor das Brautpaar rechtzeitig zu Bett ging wegen des bevorstehenden Hochzeitstages, teilte Graf Sean und Gräfin Maire ihrer zukünftigen Schwiegertochter entschuldigend mit, sie solle bitte nicht erschrecken, wenn es nach Mitternacht etwas unruhiger in den Gängen um ihre Gemächer zuginge. Denn man habe im Schloss einen Poltergeist, der sich jedoch um ein Uhr wieder beruhige. Edelinde lachte: „Das passt ja prima zu einem Polterabend!"

Den Hochzeitstag konnten nun alle beruhigt genießen, da die Hexe bisher niemals zweimal zuzuschlagen pflegte. Für diesmal war wieder einmal ihr böser Zauber gebrochen. Alle konnten aufatmen. Und nach der Trauung und dem wahrhaft gräflichen Hochzeitsmahl trafen sich die Gäste in einem wieder von Fackeln erhellten Saal zu einem ausgelassenen Reigentanz.

Lilifees Hochzeit war für den Monat April geplant, für den launischen Monat, in dem die Braut auch Geburtstag hatte. Man wollte in dem Elfenschloss feiern, nicht auf der Normannenburg, in die Lilifee später ziehen würde. Sie fürchtete die Rache der Hexe am meisten; denn die Verzauberung von Dino und seinen Eltern war ja Lilifees Werk gewesen. Lilifee wiederholte eifrig ihren Gefahrenzauber und steckte für alle Fälle den von Dino erhaltenen Zauberstab ein, den sie ja auch noch als letzte Rettung besaß. Allerdings müsste für eine Verwünschung und eventuelle Verwandlung in ein Tier ihr die Hexe eindeutig gegenüberstehen... Die passenden Zaubersprüche übte sie nun vorsichtshalber von neuem.

Die Hochzeitsgesellschaft veranstaltete erst eine romantische Bootsfahrt in mit Lampions geschmückten Nachen auf dem großen See, mitten durch weiß, rosa, gelb und bläulich blühende Seerosen. Signor Purgatellis Orchester spielte feierliche Elfenwassermusik für die Gesellschaft. Liliffee trug ein bezauberndes, weit ausgeschnittenes rosa Hochzeitskleid, mit weiten

Ärmeln und Borten. Ihre langen blonden Zöpfe waren mit rosa Bändern gehalten, auf ihrem Kopf saß eine kleine goldene Krone. Der verliebte Audacieux war in einen grüngelb gestreiften Samtüberwurf mit einem dunkelblauen Schal und einem breiten roten Samtkragen gekleidet, nach der Mode seiner normannischen Ritterburg. Darunter trug er ein hellrotes Seidenhemd. Stolz und behutsam führte er seine Braut von den Nachen am Seeufer hinweg die Treppe hinauf zur Schlosskapelle, wo die Trauung stattfinden sollte. Selig blickten sich beide in die braunen Augen.

Doch Lilifee war aufgeregt. Immer wieder zogen ihr Bilder durch den Kopf, als Audacieux gegen den verliebten Dino kämpfte, der Hilfe von seinem Drachenvater bekam. Anschließend sah sie sich, wie sie ihrem Freund sein Schwert Assistant zuwarf und ihr Liebster in einen Kater verwandelt wurde. Dann wieder erinnerte sie sich an den glücklichen Tag der Rückverwandlung, die Verzauberung der Drachenfamilie am Geburtstag ihrer Mutter. Wieder sagte sie sich nervös ihren Gefahrenzauber und die alten Zaubersprüche vor und prüfte, ob ihr Zauberstab noch in ihrer Tasche lag.

Die Trauung verlief feierlich und reibungslos, allerdings flüsterte die Braut ihr Jawort ganz leise, was gar nicht zu dem sonst so kecken Wesen Lilifees passte. Danach war noch eine Kutschenfahrt durch die frühlingshafte Landschaft geplant, bis die Gesellschaft im Schloss zum Hochzeitsmenü einkehrte. An den Wegrändern standen mit Blumen winkende Bauern und Dorfbewohner, die dem frisch vermählten Paar, Elfenkönig Dankwart und Königin Sybille sowie allen ihren angereisten Töchtern nebst Ehemännern zujubelten. Es herrschte immer noch eine tiefe Dankbarkeit, dass Lilifee damals manchen verzauberten Verirrten aus den Käfigen und Verliesen der Drachenhöhle befreit hatte.

Die Pferde näherten sich dem einstigen Zauberwald, der sich ja nun schon lange wieder in seiner gewohnten Gestalt zeigte. Die seltsame Alte, die nach dem Verschwinden des Drachens und seiner Hexenfrau dort aufgetaucht war, hatte man schon einige Zeit glücklicherweise nicht mehr gesehen. Gerade wollte Audacieux, der selber die Zügel von Lilifees Lieblingsschimmel Schimmermähne und die seines Rappens Schwarzer Blitz in den Händen hielt, die Kutsche wenden, als wie bei einem schweren Gewitter auf einmal ein großer Baum vor ihnen niederkrachte. Die Pferde scheuten, die Kutsche kam ins Straucheln und stürzte um. Lilifee schrie auf. Ein Ast des Baums hatte sie am Kopf getroffen. Sie fühlte sich wie gelähmt.

Sofort wusste sie, dass dieses hier Hexenwerk war. Doch ihr Gefahrenzauber sowie jeder Zauberspruch waren ihr wie aus dem Hirn geblasen. Audacieux, nur leicht verletzt, stützte sie und flüsterte ihr zu: „Schnell, sag deinen Gegenspruch, Lilifee!" „Ich weiß ihn nicht mehr", jammerte sie. Die aufgeregten Elterneltern stiegen aus ihren Kutschen, dann eilten alle Geschwister mit ihren Ehemännern herbei. „Bist du verletzt?" „Warum sagst du deinen Spruch nicht, mein Kind?" „Ich - weiß – überhaupt – nichts – mehr...", stöhnte die Jungvermählte. Hörte man da kein Kichern im Hintergrund? Keiner konnte Lilifee helfen, außer – Amadea. Sie hatte ja damals alle Gefahrenzaubersprüche ihrer Schwestern noch zusätzlich gelernt und flüsterte den passenden Spruch ihrer jüngsten Schwester ins Ohr. Dann kam es wie erlöst von den Lippen Lilifees:

„Schweigt endlich stille, Not und Ach und Leid und Weh! Salve, salve Lilifee!"

Wie von Zauberhand schnellte der schwere Baum in die Höhe, richteten die Pferde ihre Kutsche auf und zogen sie ein Stück weiter. Schlagartig hatte auch Lilifee ihre Lähmung und Furcht verloren. Und als sie ein wildes, böses Schreien vernahm, rannte sie ihm ohne Zögern nach, obwohl ihre Schwestern und Audacieux sie zurückriefen. Im ehemaligen Zauberwald, hinter einer Wegbiegung, sah sie die bösartige Hexe. Aber sie war diesmal nicht allein! Ein hässlicher Zwerg humpelte an ihrer Seite. Ihr Mann, ihr Sohn?? Lilifee hatte plötzlich eine Eingebung.

Sie zog ihren Zauberstab, murmelte einen Spruch und verwandelte die Hexe und ihren seltsamen Gefährten, ehe sie reagieren konnten – in ein Katzenpärchen. „So", rief sie, „und nun müsst ihr zur Strafe für immer das Tier bleiben, in das einst eure Verwandten meinen Liebsten verwandelt haben!" Sie fügte noch einen Zähmungsbann an, damit ihr die Katzen, die jämmerlich miauten, nicht entliefen.

Audacieux und die Schwestern waren hinter Lilifee hergelaufen und hatten ihren Zauber mitbekommen. Nachdenklich und amüsiert betrachtete der Bräutigam seine ehemalige Tiergestalt. Er umarmte Lilifee. „Du bist doch eine Superbraut", lachte er. „Nun sind wir diese bösen Zauberwesen für immer los. Aber eigentlich sollten wir ihnen noch eine nützliche Aufgabe geben." „Ja, Mäuse fangen!", lachte Ortrud. Edelinde sah das sich nicht vom Platz rührende Katzenpärchen nachdenklich an. „Wie wär's, wenn du ihnen Musikinstrumente in die Pfoten drückst, Lilifee?" Lilifee klatschte in die Hände. „Jawohl! Das mache ich! Was für Instrumente fehlen uns denn noch im Hauskonzert?" „Zum Beispiel eine Geige und eine Klarinette", meinte Amadea. „Die beschaffen wir uns und dann werden sie uns aufspielen, bis sie vor Müdigkeit umfallen!!"

Und so kam es, dass nach dem sechsgängigen Hochzeitsessen und einem ausgelassenen Spaziergang der Gesellschaft bis spät in die Nacht Tanzmusik erklang. Alle bewunderten das unermüdlich fiedelnde und dudelnde Katzenpärchen. Allerdings hatte es Schweißperlen auf den Katzenstirnen stehen... Lilifee und Audacieux eröffneten die Polonaise und die Hochzeitsgäste tanzten lachend und singend zum Schein eines freundlich lächelnden und weißlich leuchtenden Vollmondlampions am funkelnden Sternenhimmel.

Und wenn sie nicht gestorben sind, so tanzen die Elfen und ihre Ehemänner noch heute immer wieder einmal bei einem Elfenfamilientreffen, in Ägypten, Venedig, Irland oder in der Normandie, auch später mit ihren Kindern – am liebsten aber in ihrem Heimatschloss am Seerosensee.

DER AUS DER ART GESCHLAGENE
SCHMETTERLING

Es war einmal ein Nachtpfauenauge, wisst ihr, so ein Schmetterling mit vier hell umrandeten dunklen Augen auf seinen schöngefärbten, symmetrisch gemusterten Flügeln. In den wärmenden Sonnenstrahlen des Frühlings, gerade frisch aus der Puppe geschlüpft, gaukelte er verzückt durch die Gegend, taumelte trunken von Blume zu Blume und nippte genießerisch an dem süßen Nektar. Er wippte auf Krokussen, er schaukelte auf Osterglocken, er schwebte zu Tulpen, Glockenblumen und tröstete tränende Herzen. Kurzum: Er war ein wahrer Blumenliebhaber, ein Nimmersatt, ein herumtänzelnder Casanova, ein besonders flatterhafter Schmetterling, eben ein richtiger Luftikus. Er hatte vor lauter Blumenabenteuern kaum Zeit, sich eine passende Schmetterlingsfrau zu suchen.

Aber in den heißen Sommermonaten veränderte er sich auf einmal. Nun hatte er eine reizende Nachtpfauendame gefunden, die auch schon an Nachwuchs dachte. Ab da begann er langsamer zu flattern und machte längere Ruhepausen. Plötzlich empfand er den stetigen Wechsel, diese ständige Herumgaukelei als stressig und unseriös. Konnte er die vielen Blumen überhaupt noch unterscheiden? Hatte er denn eine persönliche Beziehung zu ihnen? War ihm nicht das Prinzip des Wechsels einfach das wichtigste gewesen? Und war er für sie nicht wie jeder beliebige Flattermann?

Ab da suchte er sich bewusst seine Lieblingsblumen heraus, einige besonders betörend duftende, besonders rot leuchtende Rosen. Auch den würzigen Geruch von einer rosa Nelke schätzte er sehr und die strahlende Bläue einer sich empor rankenden Clematisblüte. Bei den einfachen gelben Bodendeckern fand er schnell viel Nektar. Ein kleines Wiesenstück liebte er wegen einer redlichen Kornblume und zwei lustigen Klatschmohnschwestern. Diese kleine Schar besuchte er jetzt ziemlich regelmäßig.

„Nachtpfauenauge, wie brav bist du geworden", zogen ihn seine Artgenossen auf. „Na, Don Juan, die Hitze macht dich wohl schlapp!", kicherten die Zitronenfalter. „Haste Probleme?", neckte ihn ein kleiner Bläuling. „Seine Frau hat eben die Hosen an", lachte ein großer Schillerfalter. „Ihr irrt euch, es ist weder das eine, noch das andere“, sagte das Nachtpfauenauge. „Was dann?“, wollte der schlichte Baumweißling wissen. „Du bist so attraktiv, du kannst doch jede Blume haben. Anders als bei mir, da schließen sie manchmal schnell ihre Blütenblätter.“ „Ich habe eine andere Anschauung der Welt bekommen. Tändelei sagt mir nicht mehr zu, seit ich eine richtige Liebste habe. Deshalb schätze ich die Gewöhnung, das Ritual. Die Geduld. Ruhig musst du auf den Blüten landen und ihnen erst einmal zuhören“, meinte das Nachtpfauenauge. „Sie müssen spüren, dass sie dir wirklich etwas bedeuten. Dann verraten sie dir ihre Namen, ihre Geschichte, ihre Geheimnisse. Dann lernst du ihre Schönheiten und Eigenarten viel besser kennen, als wenn du gleich wieder davonflatterst. Manche verraten dir auch ihren Kummer, ihre Probleme, ihre Schmerzen. Und dann, wenn ich sie wieder besuche, hören sie auch mir zu. Sie lernen mich verstehen, weil sie mir nicht nur ihre Blütenblätter, sondern auch ihre Herzen öffnen. Selbst ein Streit mit ihnen stört mich nicht, er ist manchmal nützlich.“

Ein Schwalbenschwanz, der die Worte des Nacht-pfauenauges mitbekommen hatte, höhnte: „Da käme ich mir ja lächerlich vor! Es genügt mir vollauf, wenn ich mit meiner Schwalbenschwanzdame streite!" Ein kleiner, aber besonders hübscher Aurorafalter bemerkte keck zu den anderen: „Ich habe sogar beobachtet, wie unser ehemaliger Casanova sich auf toten Steinen ausruhte oder sich auf eine nichtssagende Blätterhecke setzte! Junge, ich glaube, du musst zum Arzt." „Bruder, im Ernst", meinten nun die anderen Nachtpfauenaugen, „dein Charakterwandel in allen Ehren. Doch auf diese Weise bekommst du ja viel weniger Nektar! Was nützen dir denn deine Geduld, dein Mitgefühl und dein neues, wählerisches Verhalten?"

„Was sie mir nützen?" wiederholte der ehemalige Casanova nachdenklich. „Ich habe Freunde gewonnen! Sie erwarten mich, sie freuen sich schon lange auf mich, sie vertrauen mir, sie sind ehrlich zu mir. Und Freundschaft, ihr Lieben, ist manchmal mehr wert als tausend Techtelmechtel. Übrigens: Ich habe selbst von Steinen und Hecken Wahrheiten erfahren! Und meine Freundschaften halten vielleicht noch bis in den Herbst! Einmal haben meine Frau und ich sogar gemeinsam geweint, als eine uns besonders liebe Blume verblüht war... Aber auch unser Leben neigt sich ja bald dem Ende entgegen. Wir nach Sonne süchtige Einjahresfalter! Aber adieu, jetzt muss ich auf meine tägliche Besuchstour!" Damit flog der aus der Art gefallene Schmetterling ruhig und zielbewusst davon.

DIE WINDHARFE ERZÄHLT

Hallo, ich bin eine Äols- oder Windharfe, genau genommen sogar die größte Windharfe Europas und darauf natürlich mächtig stolz. Warum ich so seltsam heiße? Nun, man nennt mich Äolsharfe nach dem griechischen Gott Aeolos, dem Gott des Windes. Von daher habe ich auch den Namen Geister- oder Wetterharfe. Oh ja, ich schaue auf eine weit reichende Geschichte zurück! Schon König David soll über sein Bett eine Kithara gehängt haben.

Doch jetzt will ich euch erst einmal erzählen, wo ich wohne. Ich stehe in keinem Museum, sondern im Freien in einer der besterhaltenen Burgen Baden-Württembergs, im Alten Schloss hoch über Baden-Baden oder, wie man ebenfalls sagt, in der Burg Hohenbaden. Ihre gewaltigen Überreste sieht man von weither.

Tüchtige Wanderer können zu mir auf kurvenreichen Wegen gelangen. Aber die bequemeren Menschen fahren hinauf und dann geht es los. Sie marschieren zunächst über eine mittelalterliche Kopfsteinpflasterstraße, die leicht ansteigt, in den Vorhof der Burg. Zuerst wollen sie die großartigen Überreste des Schlosses, vor allem den riesigen Rittersaal sehen. „Wow, ist der groß!" Das höre ich oft. Denn die hohen Außenwände des Saales stehen noch zum zweiten, ja teilweise sogar bis zum dritten Stock. Kinder rennen herum, wollen alles erkunden, spielen Ritter und werden ermahnt, nichts Gefährliches zu machen. Viele Besucher staunen über die Fenster mit den breiten Sitzbänken. Bevor sie jedoch hochsteigen zu der oberen Galerie, um den großartigen Rundblick auf Baden-Baden und das Rheintal oft in verschiedenen Sprachen zu bewundern, sehen sie mich. Ich hänge an der südlichen Wand des Saals, über einem breiten, runden Fensterbogen.

„Papa, was ist das?" „Eine Windharfe, Frederick". Und dann lesen die Zweibeiner oft laut die Daten vor, die mich betreffen. Meinen Erfinder und Erbauer kenne ich selbstverständlich, es ist der Musiker und Harfenbauer R. Oppermann. Sozusagen mein Vater. 1999 wurde ich feierlich hier eingeweiht. Ja, mein Resonanzkasten ist etwas Besonderes, ich habe nämlich die Gesamthöhe von 4,10 Metern! Immer wieder lesen mir die Leute vor, dass ich 120 Saiten besitze, welche aus Nylon bestehen. Als ob ich das nicht wüsste! Meine Töne kenne ich natürlich auch, es ist C und G. Und ich habe mir gut gemerkt, dass schon von 1851 bis 1920 hier im Rittersaal eine kleine Windharfe gestanden hat, so eine Art Großmutter von mir ... Selbst im Neuen Schloss auf dem Berg gegenüber soll ich eine Verwandte haben. Schade, wir können niemals ein Familientreffen machen!

Im Frühling träume ich von den ersten warmen Winden, die mich zum Klingen bringen. Endlich sind sie da! Sie spielen mit meinen Saiten wie mit tönenden Haaren. Sehnsucht liegt in der Luft. Ich spüre, wie es in den Ruinen um mich herum treibt und knospt. Vom Wald her erklingen wieder meine Freunde, die Vögel, die sich auch gerne mal in meiner Nähe niederlassen. Ab und zu halten wir ein Schwätzchen. Da ich selber nicht auf Wanderschaft gehen kann, höre ich so gerne von fremden Ländern!

Ich meine den Geruch der jungen Blätter und der frischen Erde zu riechen. Wanderer und Touristen besuchen jetzt wieder verstärkt das Alte Schloss oder erste Kletterer bezwingen die Battertfelsen ganz in meiner Nähe. Wenn dann ein Wind weht, erklingen meine Saiten leise, mysteriös. „Märchenhaft!", ruft eine Frau aus. Im Mai oder Juni, wenn es überall blüht und duftet, sitzen oft Liebespaare in den Fensternischen. Oder sie stehen stumm und eng umschlungen auf den Mauern und blicken in die Ferne.

Wie ich mich etwas später im Jahr über einen kräftigen Sommerwind freue! Plötzlich lauschen mir ein paar Überraschte. Während sich ein Fink auf meinen Resonanzkasten setzt, verspeist er einen großen Brotkrümel. „Wo hast du den her?", frage ich. „Von dort oben, Windharfe, von dem kleinen Tisch auf der Galerie. Da haben gerade zwei junge Männer gevespert!" „Da hättest du gestern da sein sollen, Fink! Davon hätte deine ganze Familie gezehrt!" „Warum?" „Eine Geburtstagsgesellschaft hat hier im Rittersaal nach ihrer Wanderung gespeist! Das Personal vom Schlossrestaurant hat einen großen Tisch aufgestellt und die Gäste in mittelalterlicher Tracht bedient..."

Ach, wie fröhlich ist es an warmen Sommerabenden! Dann sitzen viele Gäste im Hof des Restaurants. Ich höre ihr Gelächter, was sicher vom hiesigen Wein herrührt. An einem heißen Augustabend flog einmal eine Elster zu mir und hatte etwas Glänzendes im Schnabel. „He, du, Elster, was hast du denn da stibitzt?" „Eine Gabel ist im Schnabel!" „Gib sie sofort zurück, das ist Diebstahl!" „Von mir aus, Windharfe, aber dann hol ich mir was Schöneres. Von einer reichen Russin einen glitzernden Ohrring!" Keinen Respekt haben diese frechen, schwarzweißen Vögel! Aber ein bisschen haben sie ja recht. Im 19. Jahrhundert waren schon viele Russen in Baden-Baden. Oft Adlige. Und seit ein paar Jahrzehnten kommen die Reichen wieder in Scharen...

Jetzt will ich euch von einem anderen Erlebnis berichten. Es spielte an einem goldenen Herbsttag. Auf einmal hörte ich ein lautes, sich wiederholendes Heulen. Wohl vom Parkplatz her. Das war ein Krankenwagen, wie ich später erfahren habe. „Ein junger Mann ist abgestürzt!", sagte ein aufgeregter älterer Herr zu seiner Frau. „Die Battertfelsen sind halt zum Teil sehr anspruchsvoll für Kletterer." Und seine Frau meinte: „Das Föhnwetter macht die Menschen leichtsinnig."

Besonders mag ich stürmische Herbsttage. Dann klingt meine Äolsharfe am geheimnisvollsten. Als ein verträumtes Mädchen ausruft: „Als ob Geister spielen!", würde ich ihr gerne antworten: „Komm doch erst mal nachts, zur tatsächlichen Geisterstunde!" Weil sie mich nicht versteht, muss ich das geisterhafte Treiben wieder nur mit dem Vollmond und ein paar Fledermäusen teilen.

Es gibt Geisternächte, da scheint die erste Bauzeit der Burg noch einmal lebendig zu werden, das 12. Jahrhundert. Damals wurde die Oberburg gebaut. Sie war der erste Stammsitz des Markgrafen von Baden. Manchmal meine ich den frommen Markgraf Bernhard, der später selig gesprochen wurde und im Kloster Lichtental begraben ist, mit seinem Gefolge zu sehen. Er kniet still in einer Ecke und betet.

In anderen Nächten glaube ich, im 14. Jahrhundert zu sein, als die gotische Unterburg dazu gebaut wurde. Welch eine umtriebige Epoche! Ich höre das Wiehern von Geisterpferden, wenn die Ritter beim Turnier ihre Lanzen gegeneinander schlagen. Und ein Minnesänger besingt die Schönheit und Tugend einer edlen Frau.

Am glanzvollsten jedoch war es unter Markgraf Jakob. Kehren seine Geister wieder zurück und beleben die nächtlichen Mauern, dann wird die Burg wirklich zum Schloss. Es soll ja damals bis zu hundert Räume gehabt haben! Spätmittelalterliche Ritter und ihre spitzhütigen Damen tanzen, große Gelage werden gehalten, man trinkt, isst mit den Fingern, man singt, küsst und lacht. Wenn mich die Lauten, Schalmeien, Drehleiern und Pauken einladen, mit ihnen zu musizieren, bin ich ganz glücklich.

Bei besonders schlimmem Wetter aber wird es in meiner Umgebung sagenhaft schaurig. Wer klagt denn dort so fürchterlich? Es ist eine Frauenstimme und ich sehe, wie eine Schattengestalt immerzu hin- und herrennt und nach ihrem kleinen Bübchen schreit. Die grausame und geizige Markgräfin hat ihren Jammer selber herbeigeführt. Oben auf der Mauer hat sie ihrem Neugeborenen das unten liegende Land voller Stolz gezeigt: „Das wird alles dir gehören, mein Sohn!" Und dabei ist ihr das Kind aus den Händen und in den tiefen Wald gefallen! Manchmal meint man noch die Diener unten suchen zu hören. Vergebens. Das markgräfliche Kind blieb verschwunden. Und so muss der Geist der hochmütigen Mutter weiterhin jammern...

Gott sei Dank gibt es aber noch eine andere Sage, die ab und zu in Geisterstunden in meiner Nähe ihre Auferstehung erfährt. Dann taucht die gute Markgräfin

Katharina in den Mauern der Burg wieder auf. Sie ist hierher mit ihren Kindern hoch über die Stadt geflohen, weil unten die Pest wütet, die schon ihren Gatten getötet hat. Vor dem Turmgemach fleht sie den Schaffner der Burg an: „Stelle den Kindern immer unten am Bergfried Nahrung hin. Aber berühre sie nicht, damit sie niemals vom Pesthauch befallen werden!" Der treue Mann tut alles, wie befohlen. Nun kniet sich die Markgräfin nieder und fleht Maria an, die Not der Stadt Baden-Baden unten und ihrer Bewohner zu beenden.

Und beim silbrigen Schein des Mondes schwebt Maria auf einer Wolke heran. „Dein Gebet soll erhört werden. Die heißen Quellen in der Erde Baden-Badens werden sich öffnen und die Pest verjagen." Überglücklich gelobt die Markgräfin darauf: „Wenn meine Kinder überleben, Mutter Gottes, werde ich sie der Kirche weihen." Ja, und so wurde die Tochter der Markgräfin Margarete später Äbtissin des Klosters Lichtental und ihr Bruder Friedrich Bischof von Lüttich.[1]

Und was geschieht im Winter? Ist er streng, dann werde ich meistens abgehängt, damit meinen Saiten

---

[1] Quelle: „Die Sagen der Trinkhalle Baden-Baden", balladeske Bearbeitung von Günther Klümper

kein Schaden zugefügt wird. Ich werde gewartet und halte sozusagen einen Winterschlaf. In ihm aber träume ich wieder von den ersten warmen Frühlingswinden, wenn mein Gesang neu erklingen darf...

MÄRCHEN VOM UNZUFRIEDENEN STREICHHOLZ

Es war einmal ein Streichholz, das war mit seinem Leben äußerst unzufrieden.

„Erst liege ich dicht an dicht mit meinen Geschwistern in einem Briefchen oder, noch schlimmer, noch enger, in einer kleinen, dunklen Schachtel. Meistens warten wir langweilige Stunden in irgendwelchen Regalen, ehe uns jemand kauft oder ehe wir verschenkt werden. Wenn ich am Anfang der Reihe liege, darf ich wenigstens rasch an die frische Luft und werde gleich entzündet. Liege ich aber in der Mitte, am Ende oder gar in der untersten Reihe, braucht es länger, ehe ich merke, wie es langsam lichter und luftiger um mich herum wird. Ich freue mich immer mehr auf den Augenblick meiner Entflammung, wenn man unser hübsches rotes oder schwarzes Köpfchen an der rauhen Streichholzschachtelseite und am unteren Streifen eines Briefchens reibt. Hach, welch prickelnder, geradezu erotischer Augenblick! Doch nicht einmal eine Sekunde vergeht, bis zum Beispiel die Zigarette, die Kerze, der Gasherd oder das Feuer angezündet sind! Und schon ist mein Kopf erloschen, mein Streichholzkörper abgebrannt, meine Bestimmung vorbei. Ich habe es bisher an all meinen Geschwistern so beobachtet. Und achtlos wird man mich wegwerfen. Am liebsten würde ich über mein Leben weinen, wenn ich es nur könnte..."

Eine Kerze hatte das Klagelied des wartenden Streichholzes in der geöffneten Schachtel gehört. Es war eine schöne, duftende Bienenwachskerze. „Sei nicht so undankbar, Streichholz", versuchte die Kerze die kleine Nachbarin zu trösten. „Auch ich könnte Ähnliches von mir behaupten. Bin ich nicht genau so nutzlos, solange man mich nicht anzündet? Aber wir müssen unser Leben in größeren Zusammenhängen sehen, sagte mir einmal das Kaminfeuer. Wir sind alle aufeinander angewiesen, wir leben voneinander: Das Kaminfeuer, das Papier und Holz, der Gasherd oder wir Kerzen, wir brauchen euch kleinen Streichhölzer! Welche Macht liegt in euch, wenn die Zweibeiner euch richtig verwenden! Ihr entzündet Kochquellen, Lichtquellen, ihr spendet Helligkeit, Stimmung und Wärme. Andererseits könnt ihr aber auch gefährlich werden, wenn die Menschen euch unachtsam gebrauchen oder euch noch nicht ganz erloschen beiseite werfen. Bei den ungesunden Zigaretten, bei dem ganzen Tabakskram, solltet ihr eigentlich streiken, wenn ihr den Menschen etwas Gutes tun wolltet..."

Das Streichholz lachte. „So weit geht unser Einfluss nun doch nicht! Aber du hast mir was zum Nachdenken gegeben. Eigentlich könnte ich sogar stolz sein, dass ich kleines Ding ein großes Feuer entfachen kann!"

„Siehst du", lächelte die Kerze, „nun bist du schon ein bisschen weiser geworden. Viele warten wie ich sehnsüchtig, bis sie entflammt werden. Sie schaffen den Glückszustand ihrer vollen Bestimmung nicht alleine. Aber jetzt musst du noch etwas weiter deine Fantasie wandern lassen. Ich möchte mein Feuer auch weitergeben. Meinst du, ich brenne gerne nur so vor mich hin? Ohne dass mich jemand anschaut? Oder seine Hände an mir wärmt?"

„Sicher nicht", überlegte das Streichholz. „Eine Kerze ohne Menschen, die sich am Licht und der Wärme freuen, das ist ziemlich sinnlos." „Und außerdem noch gefährlich", meinte die Honigkerze. „Ich sehe ein, dass ich irgendwann für einige Zeit auch wieder gelöscht werden muss."

„Hallo", knackten und raschelten da das Holz und das Papier im offenen Kamin, „wie schön, euch so vernünftig reden zu hören. Ich glaube, wir könnten gute Freunde sein. Mal sehen, was der Mensch nachher mit uns vorhat."

Da kam er auch schon herein, der Mensch. Ein Mann so um die Fünfzig. Mit Schnurrbart. Er hatte alles für einen heimeligen Abend vorbereitet. Sogar ein Buch lag bereit. Da nahm er die Streichholzschachtel, holte das einst unzufriedene Streichholz heraus, zündete mit ihm zuerst die Honigkerze an, beeilte sich und trug das Streichholz sogar zum Papier im Kamin. Wie es zitterte, das kleine Ding! Ob es das Feuer wohl noch entzünden konnte?? Tatsächlich, dieser Mensch war geschickt, es klappte. Zum Schluss nahm er das Buch zur Hand, setzte sich in seinen bequemen Sessel und streckte die Füße zum warmen, flackernden Feuer.

Dort aber verglomm gerade selig das kleine Streichholz...

DER GEHEIMNISVOLLE GARTEN DES GLÜCKS

Es lebten einmal drei Freunde, die sich schon von Kindheit und Schulzeit an kannten. Sie hatten gemeinsam gespielt, manchen Jugendstreich ausgeheckt und später manches Bier zusammen getrunken. Jan und Philipp waren auf dem Gymnasium bis zur Mittelstufe in der gleichen Klasse gewesen, Eberhard, den sie Ebi nannten, in einer Parallelklasse. Später hatten sie sich in Grundkursen wieder getroffen, am Telefon Hausaufgaben ausgetauscht oder sie in der Schule vor dem Unterricht voneinander abgeschrieben, sie hatten gemeinsam Computerspiele gemacht, sich SMS und E-Mails geschickt und, wenn jeder zu Hause angekommen war, sich im Chatroom oder später bei Facebook wieder getroffen. Außerdem spielten und schauten alle drei leidenschaftlich gern Fußball. Und sie waren sogar miteinander in die Tanzstunde gegangen. Jan und Philipp waren bis zum Silberkurs gelangt, worüber sie später manche Witze machten, und hatten sich phasenweise in das gleiche Mädchen verknallt, was sich aber ohne Verstimmungen regelte, weil dieses einen dritten Tänzer bevorzugte.

Schulisch gingen ihre Interessen allerdings später auseinander. Während Jan aus einer Musikerfamilie stammte, schon als Kind Klarinette gelernt, bei „Jugend musiziert" Preise gewonnen hatte und zwischen einem Studium der Musik und Psychologie schwankte, war Philipp von der Biologie und vor allem von der Genetik fasziniert. Doch auch Physik interessierte ihn. Ebi stammte aus einem Geschäftshaus und würde wohl BWL oder VWL studieren, um irgendwann die Möbelfabrik seines Vaters zu übernehmen. Er wollte als einziger der drei Freunde zur Bundeswehr. Jan und Philipp hatten sich zum Zivildienst gemeldet.

Nun lag ihr Abitur hinter ihnen, das sie mit gutem bis sehr gutem Erfolg abgelegt hatten. Nach einem ausgeflippten Jahrgangshüttenaufenthalt machten die drei Freunde zur Entspannung eine Musicalreise nach Hamburg, um sich den „König der Löwen" anzuschauen. Was für eine zauberhafte Inszenierung! Was für fantastische Kostüme! Welch mitreißende Musik!

Phil und Ebi drängten darauf, am nächsten Abend nach einer Stadtbesichtigung durch St. Pauli zu bummeln und sich eine Strip-Show anzusehen. Sie amüsierten sich mäßig. Am dritten Tag hatten sie spontan die Idee, den Jahrmarkt zu besuchen. Und da kamen sie sich plötzlich wieder wie kleine Jungs vor, sich in den Boxautos rammend, auf der Achterbahn bei den Abwärtsfahrten laute Juchzer ausstoßend oder im Riesenrad über den Lichtern der Elbestadt von den teilweise zu Hause gelassenen Freundinnen träumend.

Es war ein angenehmer Sommerabend, nicht schwül, mit einer leichten Brise vom Wasser her. Gerade schlenderten sie an einem buntgeblümten, pyramidenähnlichen Zelt vorbei, auf dem in Schnörkelschrift stand: „Der Garten des Glücks". Darunter las man in kleiner Schrift, wobei jeder Buchstabe eine andere Farbe hatte: Erfinder und Besitzer: Carlo Sartorius. Davor wartete ein kleiner schwarzhaariger, feingliedriger Mann mit randloser Brille und einem Vollbart, in dem sich schon einige graue Strähnen zeigten. Er erinnerte sie sofort an ihren sympathischen BK-Lehrer Schmude. „Kommt rein, Jungs, das ist genau das Richtige für euch in eurer jetzigen Situation, ich seh`s euch an. Hier spricht das Schicksal! Hier werden euch Entscheidungen abgenommen, die euer Leben in

glückliche Bahnen lenken werden! Und das für nur 2 DM pro Person!" „Wahrsagerei?" fragte Philipp. „So etwas Ähnliches", nickte der Mann. „Man dreht an einem Glücksrad, denkt an seine Zukunft und bekommt eine besondere Blume, die etwas über diese Zukunft verrät." „Ach, kommt, das ist doch Quatsch", meinte Ebi. Von drinnen erklang zarte Musik, impressionistische Klänge, Jan hätte schwören können, dass es ein Stück von Débussy war, vielleicht „Jardin sous la pluie"? Jedenfalls absolut keine typische, kreischende, aufdringliche, laute Jahrmarktsmusik. Das faszinierte ihn und er sagte: „Kommt, gehn wir zum Schluss da rein, ein bisschen Hellseherei und Brimborium kann ja nichts schaden. Außerdem brauchen wir's nicht zu glauben!" „Na ja, wenn's sein muss", seufzte Ebi.

„Hereinspaziert, meine Herren!" Im Kassenhäuschen saß ein elfenhaftes Mädchen, mit bis tief in den Rücken fallenden weizenblonden Haaren und schwarzen Augen, ein seltsamer Kontrast. Jan dachte an Miriam, die er zu Hause gelassen hatte, weil seine Freunde keine „Weiber" dabei haben wollten. Ihm hätte ein weibliches Wesen an der Seite sehr gut getan.

Die Elfe lächelte jeden der drei jungen Männer so lieb-reizend an, dass selbst Ebis Widerstand schmolz.

Als sie das bunte Zelt betraten, standen sie in einem prachtvoll angelegten Garten. Überall zwischen dichtem, samtigem Rasen blühten vielfältige Blumen und es duftete unbeschreiblich. „Geht erst mal die Wege mit den Blumeninseln entlang, schaut euch ein wenig um und lasst euch verzaubern", ermunterte sie der Bärtige. Auf gewundenen Rindenwegen kamen die Freunde an einer Wiesenblumenmischung vorbei, an rotem Klatschmohn, blauen Kornblumen, weißem Wiesenschaumkraut, gelben Sumpfdotterblumen, die an einem kleinen Bach wuchsen. Jede Blume hatte einen Zettel. Beim Klatschmohn stand: Blume der Freude; bei der Kornblume: Blume der Treue; beim Wiesenschaumkraut: Blume der Einfachheit, bei der Sumpfdotterblume: Blume der Heiterkeit. Ein Feld daneben gab es Gartenfrühblüher. Bei der Narzisse lasen sie: Blume der Hoffnung; beim Schneeglöckchen: Blume der Frische, bei den bunten Stiefmütterchen mit ihren sprechenden Augen: Blume der Zufriedenheit. „Was soll dieser Humbug?" motzte nun wieder Ebi. „Da ist ja alles voller Symbolik! Das wär' doch was für Kreiner, als Vorarbeit für eine Gedichtinterpretation!" witzelte Philipp. „Sicher steht bei der Rose: Blume des Stolzes!" „Ist sie nicht auch ein Symbol der Liebe? Lasst uns mal sehen, ob du recht hast", meinte Jan. „Da drüben seh ich ein Rosenfeld!"

Als sie davor standen, lasen sie bei einer gelben Rose: Blume des Erfolgs. „Bei der roten Rose steht natürlich Blume der Liebe. Und was ist das? Eine blaue Iris?", fragte Philipp. „Genau!", sagte Jan. „Die Blume der Sehnsucht! Und was bedeutet wohl die Kaiserkrone? Na, ratet mal?", fragte er weiter. „Blume des Reichtums?", riet Ebi. „Richtig! Sehr gut, Eberhard Maier, das gibt ein Plus!", sagte Jan mit der näselnden Stimme von Dr. Oberdick, ihrem Englischlehrer. „Ob's dann in diesem Garten auch das Tausendgüldenkraut gibt?", lachte Ebi.

Gerade wanderten sie an einem Tulpenfeld vorbei. Blume der Klarheit stand bei den weißen, Blume der Kreativität bei den leuchtend orangefarbigen. Plötzlich stellte Philipp fest: „Hier wachsen ja schon Herbstblumen, Astern und Dahlien und Sonnenblumen, merkwürdig um diese Sommerzeit! Eigentlich ist's für Frühlingsblumen ja schon zu spät... Ein seltsamer Garten."

Gerade tauchte der Bärtige, Feingliedrige neben ihnen auf. „In unserem Zelt blühen alle Jahreszeitenblumen gleichzeitig, sogar Christrosen da drüben als Blumen der Erwartung. Das liegt an der Pyramidenform." Er sagte das ganz cool. „Dass in der Pyramidenform eine besondere Kraft steckt, weiß man ja inzwischen", nickte Jan. „Aber seltsam ist es trotzdem, wenn die Gesetze der Jahreszeiten hier keine Rolle mehr spielen sollen!" „An diesem Ort herrschen andere Gesetze, die Naturgesetze sind ausgeschaltet", lächelte der Gärtner.

Eberhard wurde inzwischen wieder ungeduldig. „Und wann kriegen wir was für unser Geld?" wollte er jetzt unbedingt wissen. „Materialist", entgegnete Jan. „Kommt mal mit", winkte sie der Gartenbesitzer weiter. Und während sie ein wenig zickzack wie durch ein Labyrinth gingen, tauchte zwischen herrlichen rosa Oleander- und weißen Hibiskusbüschen sowie blauer, sich um einen Stab ringelnder Clematis ein riesiges, buntbemaltes Glücksrad auf. „Oh Fortuna!", sang Jan und Eberhard und Philipp antworteten prompt: „Velut luna", denn sie hatten alle im Schulchor unter Frau Schulze-Hageschmidt bei den „Carmina burana" von Carl Orff mitgesungen. Hier gaukelten besonders viele bunte Schmetterlinge herum und kleinste Vögel flatterten mit raschem Flügelschlag leicht hin und her. Neben dem riesigen Glücksrad stand wieder das elfenhafte Wesen und lächelte verführerisch. „Das sind unsere Kolibris. Wer möchte zuerst drehen? Vorher aber sagt mein Vater noch was dazu." „ Genau, Sibylle." Was für ein passender Name, schmunzelte Phil ironisch in sich hinein. „ Bevor ihr dreht", erklärte Herr Carlo Sartorius, „sollt ihr also ganz fest und konzentriert an eure Zukunft denken und an das, was ihr euch dazu wünscht und vorstellt. Bei der Blume eurer Vorstellung wird dann das Glücksrad stehen bleiben. Sibylle wird euch die Blume holen. Übrigens", und der Bärtige sagte es wie das Selbstverständlichste von der Welt: „Diese Blumen welken nicht. Auch nach Jahren behalten sie ihren Duft. Sie brauchen kein Wasser." Alle lachten auf. „Klar, sie werden halt aus Papier sein!", witzelte Phil. „Also, wer dreht zuerst?" „Ich, da ich sowieso nicht an Wahrsagerei glaube", sagte Ebi. „Denke an deine Zukunft, an das, was du dir wünschst", mahnte noch einmal der Bärtige. „OK, Chef", und Eberhard drehte lässig, ohne viel Schwung.

Das Rad blieb ziemlich rasch etwas zitternd stehen und sein Zeiger wies auf: „Blume des Reichtums". Die beiden anderen Freunde lachten. „Das passt doch, E-bi!" „Natürlich, was anderes hätte auch gepasst!" Sibylle sprang schon durch den Garten und kam mit einer auffallenden orangefarbenen Kaiserkrone zurück. „Im Garten sind die gut gegen Wühlmäuse", meinte Philipp. „Das weiß ich von meinem Großvater." „Na, ist die Blume aus Papier?", wollte Jan wissen und alle strichen vorsichtig über die Blütenblätter. „Eindeutig Natur", stellte Eberhard realistisch fest.

„Jetzt dreh ich", entschloss sich Phil und schaute konzentriert in die Ferne. „Ein Forscherblick", flüsterte Jan. „Mit Falten auf der Stirn!" Er schob das Rad kurz und entschlossen an, es drehte sich zweimal und noch eine viertel Runde, wurde immer langsamer und blieb dann stehen. Alle blickten gespannt. „Blume der Erkenntnis", las Philipp ruhig vor. „Für einen angehenden Genetiker nicht schlecht", lachte Jan. „Nur welche Blume passt dazu?" „Fast jede", sagte Ebi.

Die blonde Fee flog durch den Garten und brachte - eine rote Nelke. „Sie riecht sehr stark und fördert die Kraft des Denkens", sagte sie leise und bestimmt beim

Überreichen. Philipp roch daran wie zum ersten Mal. „Es riecht nach Weihnachtsbäckerei", lachte er. „Na, seid ihr bisher zufrieden?", fragte der Pyramidengärtner. „Schon", nickten Ebi und Phil. „Jan, du bist jetzt dran!" Jan versenkte kurz seinen Kopf in die Hände, wie er es oft beim Aufsatzschreiben getan hatte. Dann gab er dem Rad einen Riesenschwung, es drehte, drehte und drehte sich, mindestens drei Mal und mehr und kam erst, wie Jan für sich dachte, nach einem sehr langen Ritardando zur gänzlichen Ruhe. „Blume der Musik", stand da, schlicht und eindeutig. Jan wurde blass unter seiner immer etwas bräunlichen Haut. „Das hätte ich so direkt nicht erwartet", bemerkte er überrascht. Sibylle zeigte eine weiße Perlenzahnreihe. Auch Herr Sartorius lachte und sah auf einmal viel jünger aus. „Sie bekommen schon was für Ihr Geld!" Und dann tanzte die Elfe davon und kam zurück – mit einer blauen Glockenblume. „Pass auf, die beginnt gleich zu klingeln!", meinte Phil.

Nun schüttelte der Bärtige jedem jungen Mann die Hand. „Verblüffend, mein Glücksrad, oder?" „Eines, das Geld schenkt, wäre mir lieber gewesen", sagte Ebi ehrlich. „Manchmal sind innere Bilder wichtiger", sagte der Gärtner. „Ich geb euch noch einen Rat: Trefft euch auf jeden Fall nach einiger Zeit wieder und besprecht, ob ihr noch mit eurem Leben zufrieden seid. Wenn nicht, findet ihr uns vielleicht wieder auf irgendeinem Jahrmarkt. Dann holt ihr euch eine neue Blume, nach euren neuen Bedürfnissen."

„Gott sei Dank haben Sie 'vielleicht' gesagt, es könnte ja auch sein, dass Sie oder wir dann gar nicht mehr leben! Oder dass wir uns treffen, wenn gerade nirgendwo ein Jahrmarkt stattfindet", erwiderte Eberhard, kritisch wie eh und je. „Alles möglich. Schicksal. Und keiner kennt den letzten Akt von allen, die da spielen. Nur der da droben schlägt den Takt", nickte Sartorius, „weiß, wo das hin will zielen. Das ist Eichendorff, aus 'Mich brennt's in meinen Reiseschuhn'. Macht's gut, ihr drei."

„Mich brennt's auch in meinen Reiseschuhn", rief Philipp. „Ich muss jetzt noch was trinken!" „Also tschüs dann." Jan drehte sich noch einmal um und blickte träumerisch auf das Pyramidenzelt, in dem Vater und Tochter verschwunden waren. Und dann bogen sie um die nächste Jahrmarktecke auf der Suche nach einem Bier. Doch alle waren etwas nachdenklicher, in sich gekehrter als am vorhergehenden Abend. Irgendwie kam ihnen dieser Besuch sehr märchenhaft vor.

Eberhard legte zu Hause seine Kaiserkrone gedankenlos auf ein Brett und vergaß sie einige Tage. Dann gab er ihr aber doch Wasser. Nach zwei Wochen roch die Brühe kein bisschen faulig und die Blume sah immer noch so frisch wie am ersten Tag aus. Da wurde sie ihm unheimlich und er warf sie weg. Philipp stellte seine Nelke sofort in Wasser auf seinen Schreibtisch und betrachtete sie aufmerksam. Er wechselte nach einigen Tagen das Wasser und die Blume duftete immer noch so stark wie am Anfang. Er wollte die seltsame, märchenartige Prophezeiung des kleinen Bärtigen testen und pflegte die Blume. Selbst nach Wochen zeigte sie absolut keine Ermüdungserscheinungen! Das beunruhigte ihn, denn die Naturgesetze des Welkens konnten bei ihr nicht erkannt werden. Also pflanzte er sie in seinen Garten und sie bekam Wurzeln.

Jan hatte seine Blume gleich zu Anfang in die „Musikalische Poetik" von Igor Strawinsky gelegt. Er wollte sie pressen. Als er wieder nach ihr schaute, war sie zwar zweidimensional, aber immer noch so leuchtend und blütenfrisch wie am ersten Tag, ohne die typischen Dürremerkmale beim Pressen. Die Freunde tauschten ihre Erfahrungen aus, ein wenig hilflos lachend. Alle drei spürten übrigens nach dem Besuch im „Garten des Glücks", dass sie nun ganz sicher waren in ihrer Studienwahl.

Eberhard Mayer begann nach der Bundeswehr ein BWL-Studium und stieg danach in die Möbelfirma seines Vaters ein. Nach dem überraschenden Herztod seines Vaters übernahm der Juniorchef die Geschäfte und arbeitete sich in die Aufgaben eines Chefs als rechter Workaholic ein. Er heiratete mit 27 Jahren seine Sekretärin und freute sich neben einer wachsenden Zahl von Mitarbeitern und Kunden vor allem auch an der stetig wachsenden Anzahl seiner Kinder. Seine Frau gebar leicht und Eberhard und Elsi wollten gerne fünf Sprösslinge. Er sah sie in Gedanken schon später für seine Firmen wirken. Wachstum, Wachstum, Wachstum, Vermehrung, Vermehrung, Vermehrung lauteten seine Leitsätze. Manchmal dachte er verschämt an die Kaiserkrone.

Sein Freund Philipp Moll hatte nach dem Zivildienst ein Studium der Biologie und Genetik in

Cambridge begonnen. Seine Abiturnoten waren so glänzend gewesen, dass er den Sprung an diese Eliteuniversität geschafft hatte. Außerdem hatte er in der 11. Klasse ein Jahr in Amerika verbracht. Seine Hobbys blieben joggen, Tennis spielen, tanzen und Abenteuer mit attraktiven Freundinnen. Doch seine wahre Leidenschaft gehörte der Wissenschaft, der Erkenntnis. Sein Drang nach Wahrheit und Wissen ließ ihn später ein Medizinstudium anhängen. Halt, er hatte ja ein weiteres Hobby, das ihn bei allen Problemen wunderbar entlastete: Sein Garten, in dem noch immer eine roter Nelkenbusch stand, ein Nachfahre der Zaubernelke...

Sein Freund Jan Kaminsky hatte nach dem Zivildienst in Freiburg ein Musikstudium begonnen und mit hoher Auszeichnung beendet. Er schloss ein Kompositionsstudium an bei dem bedeutenden Karlsruher Komponisten Wolfgang Rihm. Danach spezialisierte er sich auf Filmmusik und zog nach Berlin. Dokumentarfilme, zu denen er die Musik geschrieben hatte, wurden prämiert. Und nun häuften sich die Aufträge. Erlahmte seine Fantasie, erschöpfte sich seine Kreativität, dann holte er seine gepresste Glockenblume aus irgendeinem Buch, in dem er gerade las, - sie war sein Lesezeichen geblieben -, und stellte sich den „Garten des Glücks" mit dem munteren Bärtigen und seiner Elfentochter vor. Zauberbilder. Und schon flossen ihm wieder musikalische Einfälle durch den Kopf und in den Computer. Damals war er noch mit seiner ersten Frau Ilse verheiratet, die Querflöte studiert hatte und nun bei den Berliner Philharmonikern untergekommen war.

Ab jetzt trafen sich die Freunde natürlich nicht mehr regelmäßig. Aber sie schrieben sich zu den Geburtstagen und zu Weihnachten eine Glückwunsch-E-Mail, telefonierten miteinander und lasen von den ersten Erfolgen der anderen in Zeitungen, Zeitschriften oder hörten auch schon mal etwas im Radio. Ihr berufliches Glück war augenfällig. Sie trafen sich nicht zur 10-jährigen Abiturfeier, weil fast jeder einen anderen Termin hatte, aber dann nach Weihnachten. Sie kamen nach Offenburg zurück, um die Eltern und Geschwister zu besuchen. Man ging in eine Kneipe, die sie von früher gut zu kennen glaubten. Nun erschien sie ihnen kleinstädtisch. Sie betrachteten sich ein wenig distanziert. Eberhard war zu diesem Zeitpunkt Vater eines Sohnes und einer Tochter. Philipp hatte sein Medizinstudium, sein Zweitstudium, gerade fertig. Er dachte nicht ans Heiraten. Jan war noch glücklich verheiratet. Er grinste. „Seid ihr mit eurer Blume bis jetzt zufrieden?" Jeder wusste, was er meinte und grinste ebenfalls.

„Es kann ruhig so weitergehen, obwohl ich meine sehr bald weggeschmissen habe!", lachte Eberhard. „Aberglaube ist nicht mein Ding, ich glaub eher an meinen eigenen Einsatz." „Ich auch, Ebi, doch seit dem merkwürdigen Besuch im „Garten des Glücks" blühen rote Nelken in meinem Garten. Ich rieche sie unglaublich gerne, sie geben mir Energie", erwiderte Philipp. „Und meine Glockenblume liegt gerade in Adornos 'Philosophie der neuen Musik'! Sie bleibt mein Lesezeichen", ergänzte Jan. „Dann brauchen wir auf keinen Jahrmarkt", schmunzelte Ebi. Und sie erzählten ein bisschen aus ihrem Leben und bestellten Pils um Pils. Danach fühlten sie sich wieder jünger, verbundener, weniger erfolgreich, deshalb freier.

Nun steuerten sie also auch schon auf die Vierzig zu..., kaum zu glauben. Phasen der Arbeitswut, der Lebensmanie wechselten mit Phasen der Leere, der Depression. Aber darüber sprach man kaum.

Wie verlief ihr Leben weiter? Fangen wir mal mit Jan an. Seine Filmmusik passte immer noch ausgezeichnet für Dokumentarfilme, vor allem aus der Tier- und Pflanzenwelt. Aber er durfte auch mal einen Spielfilm einer Jungregisseurin vertonen. Seine moderne Kompositionsweise eignete sich nicht für den breiten Publikumsgeschmack. Und einen Hit würde er bestimmt nicht landen! Im Augenblick vertonte er einen Film über den Balkankrieg und Flüchtlinge aus Sarajewo. Es nahm ihn sehr mit. Zudem war er frisch geschieden, auf seinen Wunsch, weil er seine Frau bei einem Seitensprung mit einem Hornisten angetroffen hatte, der ihm gestand, dass schon ein Cellist sein Vorgänger gewesen war. Dann lieber solo leben, die eigene neue Freiheit der Wahl genießen, zumindest einige Zeit lang. Nach zwei Jahren verliebte er sich in eine rothaarige irische Opernsängerin, die in seinem Studio Aufnahmen machte.

In ihrer neugewonnenen Euphorie wünschte sich das Paar bald Kinder und Kitty, eine Frau mit Humor, brachte Zwillinge zur Welt. Oh my goodness! Die Welt stand Kopf. Das Alltagsleben rotierte. Man brauchte ein Kindermädchen. Am Anfang halfen abwechselnd Kittys und Jans Mutter für Wochen. Und die vielen Menschen um die gerade wieder Verheirateten – auch Kitty war geschieden – schienen jede Intimität zu ersticken. Alles drehte sich um die süßen, hilflosen Babys, um Tom und Ellen. Kitty versprach als plötzlich hingebungsvolle Mutter, für zwei Jahre ihre Karriere zu unterbrechen. Die feinen Ohren der jungen Eltern freundeten sich notgedrungen mit Babygeschrei an, vor dem Jan allerdings öfter floh als seine Frau, was sie ihm innerlich übel nahm. Er dachte wohl, es seien genug Frauen in Bereitschaft, die anfallenden Pflichten zu übernehmen! Innerlich schwor sie sich: Nach zwei Jahren würde sie ihren künstlerischen Beruf wieder aufnehmen, wenn die Babys nicht mehr gestillt wurden, wenn sie, wie man so schön sagte, aus dem Gröbsten waren und seit neustem schon so früh in den Kindergarten gehen konnten. Jans Glockenblume lag jetzt in einem Buch über Kindererziehung. Dort klingelte sie ein wenig hilflos und überfordert vor sich hin.

Nun bestand Kitty darauf, neben dem Kindermädchen noch eine Putzfrau anzustellen, für alle Aufgaben rund um die Uhr. Jan dachte seufzend, wie sie alle Kosten bezahlen würden... Kittys Sopran hatte gelitten ohne die tägliche Übung, also stürzte sie sich wie besessen in die Arbeit. Und bald war sie wieder gefragt auf dem Theater, ihre neue Fraulichkeit schenkte ihr dazu passende Rollen. Aber wann hatten die Eltern auch mal Zeit füreinander? Wann musizierten sie zusammen? Wann hörte Jan Kittys Witze und ihr erfrischendes Gelächter?

Die Blume schenkte ihm Aufträge, die er dringend brauchte, dadurch Geld und Anerkennung. Doch Zeit, in welcher sich erst persönliches Glück und die Liebe entfalten kann, verweigerte sie ihm. In diesen Jahren komponierte er zum ersten Mal elektronische Musik zu einem Krimi und hätte doch viel lieber Kinderlieder erfunden...

Und er ahnte, dass auch diese Ehe gefährdet war.

Was machte inzwischen Philipp? Er war in München Professor für Genetik geworden und hatte sich mit seinem Team in die Forschung zur Behandlung der Parkinson'schen und Alzheimer Krankheit hineingearbeitet. Er schrieb Bücher neben seiner Lehrtätigkeit. Er wusste, dass sie mit ausländischen Teams konkurrieren mussten. Die ethische Verantwortung seines Berufs stürzte ihn öfter in Zweifel. Seine Hobbys, sein Garten und seine augenblickliche Freundin, mit der er nun schon fünf Jahre in lockerer Gemeinschaft lebte, eine fränkische Frauenärztin, gaben ihm wieder Halt. Doch er wusste, dass sein Beruf ihn in gefährliche Situationen bringen konnte. Ein Studienfreund von ihm, der in Hamburg lehrte, war auf rätselhafte Weise verschwunden. Hatte man ihn entführt? Hatte irgendein Geheimdienst die Hände im bösen Spiel gehabt? Hatte er vielleicht Selbstmord begangen, so dass man ihn nie fand? War er gar ermordet worden? Wenn Philipp jedoch einen Strauß stark duftender Nelken auf seinem Schreibtisch stehen hatte, schien ihn der Drang zu erkennen, gepaart mit dem neuen Wunsch zu helfen, vorwärts zu treiben. Es gab dann eine Klarheit, ohne jede Angst. Welch ein Gefühl, wenn sie der Lösung eines Problems näher gerückt waren! Aber in seiner Freizeit und in nächtlichen Stunden überfiel Philipp aufs Neue die Angst. Er fühlte sich von seinen eigenen Ansprüchen getrieben, gestresst.

Und Eberhard? Er hatte mit 38 Jahren tatsächlich von seiner gebärfreudigen Elsi drei Jungen und zwei

Mädchen bekommen und gönnte sich am Wochenende ein wenig Zeit für die Familie. Die praktische, tüchtige Frau, an selbständiges Arbeiten und Organisieren gewöhnt, schmiss mit einigen Hilfskräften den großen Haushalt. Sie spielten Golf und hatten eine Ferienwohnung auf Mallorca. Inzwischen konnte er delegieren und gründete zwei Firmen im Ausland, in England und Spanien. Aber dann brach Ebis 39. Jahr über ihn ein, ein schwarzes Jahr für die Geschäfte. Die Mayer-Möbel verkauften sich schlecht. Sie kamen in die roten Zahlen. Dazu die allgemeine Rezession. Bisher hatten große Firmen wie Tacke und Mann Mobilia Mayer-Möbel im Programm. Doch nun blieben die Bestellungen aus, seine Möbel waren im Vergleich zur Konkurrenz zu teuer. Er hätte besser Firmenfilialen in Asien gründen sollen, wo die Arbeitskräfte noch preiswerter waren!

Das 20-jährige Abitur stand vor der Tür und die Organisatoren luden ein zu einer Busfahrt in den Kaiserstuhl, zu einer morgendlichen Wanderung in die Reben mit anschließender Weinprobe im Endinger Winzerkeller, wo viel getrunken, geredet und gelacht wurde, wo man Bilder von Ehefrauen, Ehemännern, Kindern, Häusern und Hobbys austauschte und sich die drei Freunde langweilten. Das nachmittägliche Besichtigungsprogramm in Freiburg sah noch eine Münsterführung mit Münsterbesteigung, einen Besuch des Augustinermuseums und einen Ausklang im Kleinen Meyerhof vor. Oh, diese vielen roten, angeheiterten Gesichter, die zum größten Teil den drei Männern nicht mehr viel bedeuteten! Warum nur hatten sie sich dieser gutgemeinten Busmassenveranstaltung angeschlossen? Jan las bei der Stadtdurchfahrt: „Besucht die Frühjahrsmesse auf dem Messplatz" und stupfte seine Freunde. „Kommt, wir seilen uns ab. Wir sparen uns das Münster und gehn wieder mal auf die Mess`." „Okay. Wir fahren dorthin mit der Tram." „Aber beim Treffpunkt müssen wir schon pünktlich sein, sonst sind wir unten durch bei denen." „Vielleicht sind wir's eh. Was soll's. Zum Treffpunkt sind wir wieder zurück. Auf geht's!"

Wieder fuhren sie johlend Boxauto und Silverstar, eine noch irrere Achterbahn, und eine weitere neumodische schrille Attraktion in ihren feinen Klamotten. Danach aßen sie Zuckerwatte und eine Bockwurst wie vor Jahren. Jan lauschte den grellen, dudelnden

Musiken und Geräuschen und dachte an Strawinskys geniales Ballett „Petruschka".

In einer guten Stunde mussten sie die Tram zur Stadtmitte nehmen. Sie bummelten gedankenverloren durch eine abgelegenere Seitengasse. Keiner sagte ein Wort darüber, was sie eigentlich suchten und doch nicht zu finden glaubten. Zwei Betrunkene, eingehängt, schwankten an ihnen vorbei und zeigten lachend auf sie. Links war eine schaurige Geisterbahn. Hier roch es nach Bier und Pinkel. Keine verlockende Ecke.

Auf einmal aber hörte Jan wieder die Zaubermusik von Débussy, von weiter vorne. Er strebte voran, zog die anderen mit. Da, nach der Kebabbude: „Schaut mal, dort! Die Pyramide!!" In Schnörkelschrift stand über dem Eingang: „Garten des Glücks", Erfinder und Besitzer: Carlo Sartorius. Jeder Buchstabe in einer anderen Farbe. Es schien ihnen, als sei die Pyramide etwas verlotterter als damals in Hamburg, vor 20 Jahren. „Ja, das gibt`s doch nicht!", sagte Philipp kopfschüttelnd. „Ich glaub, ich spinn", meinte Ebi. „Ich hab's geahnt, dass wir sie irgendwo finden", meinte Jan sehr leise. „Ist es nicht wie in einem Märchen?" „Ob's wohl der gleiche

Herr Sartorius ist?" Jetzt war seltsamerweise Ebi der Erste, der sagte: „Kommt, lasst uns reingehen." Da trat ihnen Carlo Sartorius schon entgegen. „Ich wusste, dass Sie irgendwann wieder kommen", sagte der kleine Mann mit der randlosen Brille und dem Vollbart ruhig lächelnd. Nun hatte er silbriges Haar, mit nur noch wenigen schwarzen Strähnen darinnen, der Bart war ganz weiß, aber seine Augenbrauen über den dunklen strahlenden Augen waren pechschwarz geblieben. „Nicht wahr, wir haben uns damals in Hamburg gesehen?" Die Freunde nickten und schüttelten ihm die Hand. „Ist es Ihnen gut ergangen mit Ihren Glücksblumen?"

Wieder ergriff Ebi das Wort: „Ich hab' ja damals nicht an die Kraft meiner Kaiserkrone geglaubt, hab sie bald weggeschmissen. Und trotzdem hat sie gewirkt, hat mir Reichtum und Wachstum gebracht bis auf letztes Jahr... Da fing mein geschäftlicher Abstieg an. Ich fürchte wie so viele die wirtschaftliche Zukunft." Herr Sartorius nickte, mitfühlend. „Und wie ging's Ihnen?", fragte er Philipp. „Danke, recht gut. Ein Ableger Ihrer roten Nelke blüht immer noch in meinem Münchner Garten." „Aha, die Blume der Erkenntnis! Schön. Und, sind Sie noch zufrieden mit Ihrem Beruf? Nicht wahr, Sie sind Genetiker und Mediziner geworden?" „Richtig. Woher wissen Sie das?" Carlo Sartorius lächelte sphynxhaft. „Ich lese viel so nebenher, hab ja viel Zeit". „Es ist sehr stressig, Herr Sartorius, befriedigend und beängstigend zugleich. Hinter jedem Fortschritt wartet ein neues zu lösendes Problem. Ich finde wenig Ruhe, obwohl ich keine Familie habe." Herr Sartorius nickte, mitfühlend.

„Von mir wollen Sie sicher auch einen Lagebericht", lachte Jan.

„Gerne, wenn Sie mir's verraten möchten." „Die Glockenblume war mein ständiges Lesezeichen, in vielen Fachbüchern über Musik und Komposition, in Büchern über Kindererziehung, in Büchern über eine gelungene Partnerschaft. Sie leuchtet immer noch so blau wie am ersten Tag. Ein Phänomen. Und als Musiker hat sie mir Glück und Erfolg gebracht, ohne jede Frage. Aber als Mensch, als Ehemann, als Vater, bin ich gescheitert. Zwei Scheidungen. Reizende Zwillinge, die der Mutter zugesprochen wurden, obwohl sie noch weniger Zeit für sie hat als ich... Wenigstens ab und zu sehe ich die Kinder, wenigstens alle drei Monate. Und einmal im Jahr mache ich Ferien mit ihnen – aber mein Leben muss anders werden!" Er schrie es heraus. Herr Sartorius nickte, mitfühlend.

„Kommen Sie herein. Sie werden sich eine neue, andere Blume wünschen und bekommen." „Wie geht es denn Ihrer feenhaften Tochter?", fragte Philipp. „Danke, blendend, sie ist mit einem Artisten zum Zirkus Roncalli gegangen und tritt dort mit ihm als Seiltänzerin auf. Ihre jüngste Tochter hilft mir zur Zeit, in ihren Semesterferien. Kassandra, gibst du den Herren bitte eine Eintrittskarte? Entschuldigen Sie, ich musste seit der Euroumstellung aufschlagen, die Konjunktur verlangt es. Der Eintritt kostet nun 2 Euro." Nun nickte Eberhard verständnisvoll. „Kein Problem, Herr Sartorius." „Oh, sie ist fast so bezaubernd wie ihre Mutter, was?", flüsterte Jan. „Und die Familie liebt wohl prophetische Namen!!" Ein Mädchen mit elfenbeinfarbiger Haut, einer rot züngelnden Lockenmähne erschien in hellblauem Kleid lächelnd im Kartenhäuschen. Philipp sah sie an wie eine Erscheinung. Sofort erwachte der Mann, der Verführer in ihm.

„Wie alt sind Sie, Kassandra?" „Achtzehn." „Und was studieren Sie?" „Ich besuche hier in Freiburg eine

Schauspielschule." Ihr Großvater mischte sich ein. „Als Sie uns in Hamburg die Ehre gaben, meine Herren, war ihre Mutter Sybille so alt wie meine Enkelin jetzt... Die Haarfarbe hat sie teils von ihrem Vater Neil, er kommt aus Irland, teils von ihrer Großmutter Eva. Der ähnelt sie sehr. Das ist ein großes Glück für mich. Sie starb nämlich zu jung... So scheint sie wiedergeboren zu sein." Dann war sie wohl auch eine besondere Schönheit, dachte Philipp. „So, jetzt schauen Sie sich mal meinen momentanen Garten an", lud sie Sartorius freundlich ein. Ein märchenhafter Duft strömte ihnen entgegen: Frühling, Sommer, Herbst in einem und dazu noch der Geruch nach frischem Gras. Dazwischen entdeckten die Freunde kleine weiße Bänke und Springbrunnen. „Das gab es damals noch nicht!", staunte Jan. „Erneuerungen müssen sein, in jedem Beruf. Nur mein Zelt müsste dringend ersetzt werden. Wollen Sie sich setzen?" „Nein danke, wir haben ja kaum Zeit", drängte Ebi. „Wo ist das Glücksrad?" „Folgen Sie mir. Da hinten zwischen den Buchsbäumchen. Bitte, überdenken Sie wieder Ihre augenblickliche Lebenssituation und wünschen Sie das, was Ihnen zur Harmonie nötig ist. Wer beginnt, meine Herren?" „Ich."

Jan trat vor. Was er brauchte, wusste er genau. Er stieß das Glücksrad an und diesmal drehte es sich nur eine Runde und eine weitere Viertelumdrehung. Zielstrebig blieb es stehen bei – Blume der Stille. „Es passt", sagte er ruhig. Die rothaarige Elfe flog davon und eilte zu einem Becken mit einem leise rauschenden Springbrunnen. Was pflückte sie denn dort? Eine Seerose, eine rosafarbige, mit großen, tellerartigen Blättern! „Oh", staunte Jan, „die ist ja wundervoll. Aber als Lesezeichen taugt sie ganz und gar nicht."

Philipp hatte die ganze Zeit in sich hineingehört. Schon wieder hatte er für ein weibliches Wesen schnell und heißblütig Feuer gefangen.

Nun aber dachte es in ihm: Sie könnte ja meine Tochter sein! Tochter... Und da sah er Jasmin, seine langjährige Freundin, vor sich. Auch sie hatte rotes Haar, allerdings gefärbtes. Und er wusste, was sie sich, gerade auch als Gynäkologin, allmählich mit ihren 35 Jahren sehnlichst wünschte: Ein Kind. Dann hätte er eine richtige Familie, dann würde er vielleicht auch heiraten und zumindest zu Hause Sicherheit, Geborgenheit, Frieden finden. Wie in Trance drehte er das Glücksrad. Es bewegte sich sehr langsam, ruhig, legte trotzdem zweieinhalb Runden zurück und hielt bei ... Blume der Zufriedenheit. War das nicht das kleine Stiefmütterchen, von dem es zu Hause im elterlichen Garten immer so viele in allen Frühlingsfarben gegeben hatte? Tatsächlich, das rote, zarthäutige Kind brachte ihm ein dunkelblaues Stiefmütterchen! Er lachte. Herr Sartorius strahlte ebenfalls, tief von innen heraus. „Die bringt Ihnen bestimmt das Glück, welches Ihnen noch fehlt", nickte er.

„Ebi, komm, du bist dran." Ebi fühlte sich hilflos. Was könnte ihm aus der jetzigen Krise helfen? Investitionen, eine bessere wirtschaftliche Lage, Veränderungen, um sich den Bedingungen der Globalisierung anpassen zu können, Umdenken... Er drehte unsicher, mit wenig Schwung. Das Glücksrad brauchte nur eine Dreiviertelumdrehung und zeigte zitternd auf – Blume der Bescheidenheit. Alle Freunde atmeten hörbar durch. „Oho", meinte Eberhard, „ob mir das Glück bringt?" Kassandra flüsterte mit ihrem Großvater und er zeigte an den Rand der Pyramide, ins linke hintere Eck. Was hielt sie später in ihrer schmalen Hand? Eine weiße Margerite. „Sie staunen, ich spüre es", sagte Herr Sartorius. „Aber man kann auch mit dieser Tugend ein guter, erfolgreicher Geschäftsmann sein, einer ohne Gier. Sie sollten mal einen Yogakurs machen. Und sich auf wesentliche Werte in Ihrem Leben besinnen." „Ich werde darüber nachdenken", versprach Eberhard.

Jan schaute auf die Uhr. „Los, Freunde, unsere Straßenbahn fährt in acht Minuten!" „Tschüs, Herr Sartorius, ich glaube, man sieht sich noch mal in diesem Leben! Obwohl es eigentlich zu märchenhaft wäre." „Machen Sie's gut, Carlo, und freuen Sie sich an Ihren Enkeln!" „Leben Sie wohl, meine Herren – im Garten des Lebens!" Sartorius und das rothaarige Mädchen winkten den drei davoneilenden Freunden nach.

Als sie 50 Jahre waren, trafen sich die drei wieder einmal, im Oktober, im Haus von Philipp, in Offenburg. Er war mittlerweile Vater einer temperamentvollen neunjährigen, rothaarigen Tochter. Das Haus war sein Elternhaus, das er geerbt und selber zusammen mit seiner Frau renoviert hatte. Sie hatte eine eigene Praxis eröffnet. Er dagegen hatte sich vom Forscherleben zurückgezogen und schrieb nur noch Bücher.

Eberhard hatte inzwischen eine Auslandsfirma wieder verkauft, sich auf wenige Möbel, nämlich auf sinnvolle, verstellbare Computerschreibtische und Stühle sowie auf einen Relaxing-Sessel spezialisiert und siehe da? Mayer-Möbel waren wieder zu einem beliebten Begriff geworden! Er hatte einige Mitarbeiter entlassen müssen, dafür aber zwei Söhne und eine Tochter in die Firma übernommen. Nebenbei machte er Yoga und Tai Chi und bezahlte diese Kurse auch seinen Mitarbeitern.

Jan hatte damals alle Zelte abgebrochen und war auf Weltreise gegangen. Zuerst hatte er ein halbes Jahr in einem tibetanischen Kloster verbracht und als Gastgeschenk die Seerose mitgenommen. Dafür nahm er unauslöschliche Eindrücke der Stille und der „Musik der Stille" mit.

Paradoxien, die ihn faszinierten. Darauf führten ihn seine Reisen nach Indien und Afrika. Als er nach zwei Jahren zurückkehrte, hatte er von neuem begonnen zu komponieren, doch nun ohne Auftragszwang, nur nach seinem eigenen Lust- und Zeitprinzip. Und er hatte versucht, die Stille, das Schweigen, musikalisch auszudrücken. Jetzt klang seine Musik meditativ und es war

Weltmusik. Er stand bei einer bekannten Firma unter Vertrag und Eberhard begegnete Jans Musik in seinen Yogakursen. Außerdem war ein Wunder geschehen: Jan hatte sich wieder mit seiner zweiten Frau Kitty versöhnt, die ebenfalls eine Auszeit in ihrem Opernsängerinnendasein nahm, um sich gemeinsam mit dem Vater um die augenblicklich sehr problematischen, pubertären Zwillinge zu kümmern und nebenbei Chansons zu schreiben. Die ehrliche gemeinsame Verantwortung für die Kinder, welche übrigens malten, Harfe und Drehleier spielten, hatten sie neu zusammen geführt. Sie heirateten zwar nicht mehr, mieteten aber der Kinder wegen ein großes altes Patrizierhaus in Freiburg.

Also, man traf sich in Offenburg, im renovierten Elternhaus von Philipp. Die Freunde saßen noch in warmer Oktobersonne auf der Terrasse, tranken Pils und lauschten den abendlichen Vögeln und in den nahen Wald hinein. Da stürmte Désiree, Philipps Töchterchen, heran. „Papa, ist Mami noch nicht zu Hause?" „Ach Schatz, du weißt doch, wie spät es bei der armen Frau Doktor abends werden kann!" „Du, Papa, darf ich noch mit Ann-Cathrin und Sarina auf die Herbstmesse?

Sarinas großer Bruder und Ann-Cathrins Mama gehen auch mit." „Allein hättet ihr Mädchen abends nicht gehen dürfen, das weißt du. Es ist schon halb sieben! Um 10 Uhr solltest du aber wieder da sein." „Och, das ist vieel zu kurz. Frau Müller geht vielleicht später nach Hause. Heut ist doch Samstag, Papi! Gibst du mir noch etwas Geld?" Philipp holte ergeben seinen Geldbeutel. „Nimm das Handy mit und gib uns Bescheid, wann du genau kommst!" Die Kleine hüpfte davon.

Als Désiree verschwunden war, fragte Philipp: „Herbstmesse! Na, wär das nicht auch wieder mal was für uns?" „Den Sartorius sehen wir nicht mehr, der ist doch sicher schon siebzig!" meinte Jan skeptisch. Eberhard entgegnete: „Wer weiß, wer weiß. Ich bin bekehrt worden. Allmählich glaube ich an das Schicksal und seine Fügungen. Und manchmal lese ich sogar Märchen. Harry Potter zum Beispiel." Jan lachte: „Aus Saulus wurde Paulus. Also kommt, es wäre ein Versuch wert!" „Ja, und ich könnte eventuell ein heimliches Auge auf mein Töchterchen werfen, wenn wir sie in dem Gewimmel überhaupt treffen!" „Was sie sicher nicht gut finden würde..."

Die Freunde genossen das seltene gemeinsame Wochenende. Aber als sie diesmal durch die Messe schlenderten, kam sie ihnen furchtbar bunt und laut vor. Auch zum Boxautofahren hatten sie eigentlich keine sonderliche Lust mehr. Viel einfaches Volk fiel ihnen auf. War doch eine Schnapsidee gewesen, gerade samstags auf die Herbstmesse zu gehen! „Ich glaub, wir trinken lieber bei mir noch einen Durbacher Wein und holen uns vom Pizzaservice was Leckeres!", sagte Philipp. „Will keiner mit mir Achterbahn fahren?", bettelte Ebi. Jan lachte: „Ich fühl mich heut zu alt dazu, komisch, was?" „Haltet mal, ich sehe was, was ihr nicht seht. Es ist spitz, sehr bunt und kleiner als früher!", schrie Ebi. „Die Pyramide von Carlo?", rief Philipp. „Der Garten des Glücks?", brüllte Jan, weil er gerade eine Drehorgel übertönen musste. „Dort hinten! Neben dem großen Schießstand. Ich hab nur ein paar Buchstaben von der Überschrift aufgeschnappt!" Ebi hatte Recht. Aber das Zelt hätte man beinahe übersehen können. Es war viel kleiner als noch vor Jahren. Jan lauschte. Schade, kein Débussy mehr. Dafür ein Walzer von Johann Strauß. „Wollen wir rein?" „Klar." „Keine

Frage." Niemand kam ihnen entgegen. Niemand saß am Kartenhäuschen. „Wo ist denn Carlo?"

„Hier bin ich, meine Herren." Ein krummes Männchen mit Stock kam aus dem Innern angehumpelt. Und strahlte. „Ach Sie sind es! Welche Freude! Entschuldigen Sie, ich habe gerade meine Blumen gegossen. Es hat schon lange nicht mehr geregnet." „Brauchen das Zauberblumen denn auch?", wollte Philipp wissen. „Oh, es sind keine Zauberblumen, das müssten Sie doch wissen. Nur die Beziehung zu den Menschen ist ein wenig ausgefallen." „Sind Sie denn allein, Carlo?" „Ja, schon seit einigen Jahren. Ich kann mir keine Hilfskraft mehr leisten." „Und Ihre Enkelin?" „Oh, die hat ein Engagement in München. Sie ist schauspielerisch sehr begabt." „Und eine Schönheit wie ihre Mutter und Großmutter", lachte Philipp. „Sind Sie zufrieden geworden?", fragte Carlo. „Außerordentlich zufrieden. Ich habe jetzt ein rothaariges Töchterchen, eine emanzipierte Frau, ein eigenes Haus, meinen alten Job aufgegeben und zu Hause alle Hände voll zu tun." Alle lachten. „Und Sie, mein Herr, haben Sie mit der Bescheidenheit und vielleicht auch mit Yoga Bekanntschaft gemacht?" „Ich könnte nicht mehr ohne meine täglichen Übungen leben. Und die neue Blume der Bescheidenheit ist meiner Firma bestens bekommen!"

„Das freut mich ungemein." Herr Sartorius rieb vergnügt die Hände. „Und Sie, hat Sie die Seerose, die Blume der Stille, geheilt?" „Bei Gott, sie hat mein Leben von Grund auf verwandelt. Ich habe überall in der Welt die Stille studiert, neben der Musik, hinter der Musik, in der Musik. Und ich hab fremde tonale Welten und fremde Instrumente kennen gelernt. Nun komponiere ich meditative Musik. Und lebe wieder mit meiner Familie zusammen. Der berufliche Erfolg ist mir nicht mehr so wichtig." „Großartig!" Carlo schüttelte Jan die Hände. „Und trotzdem kommen Sie noch einmal zu mir?" Die Freunde wussten eigentlich selbst nicht so recht warum. „Wo ist denn jetzt Ihr Glücksrad? Und die Springbrunnen und kleinen weißen Bänke sind wieder verschwunden? Jetzt hätten wir gerade Zeit darauf zu sitzen!" Sartorius winkte die drei geheimnisvoll weiter. Hinter einer Reihe von Thujahecken, im Kreis gepflanzt, zeigte sich ein reizender Platz: In der Mitte das Glücksrad, daneben ein kleiner beruhigend plätschernder Springbrunnen und ein paar im Rund stehende weiße Bänke. „Romantisch, was? Ich werde dieses Jahr aufhören zu arbeiten. Der alte Zauberer ist müde geworden... Und meine anderen Enkel haben an meinem ausgefallenen Beruf kein Interesse. Sie interessieren sich mehr für den Computer, das Smartphone, das I-Phone, das Tablet oder das E-Book, wie die vielen verrückten technischen Neuheiten auch heißen mögen... Aber meinen Garten des Glücks mit dieser Sitzecke werde ich hinter meinem Häuschen neu anlegen, das ich mir hier in Zell-Weierbach bei Offenburg gekauft habe."

„Was, hier, in unserer alten Heimatstadt?" „Sie gefällt mir, sie hat Charme und ist überschaubar, – Kommen Sie, drehn Sie noch einmal, bevor das Glücksrad abgebaut wird. Es ist heute kostenlos für Sie!" Die Freunde schauten sich überrascht an. Konnten Sie das denn von dem etwas heruntergekommen aussehenden Carlo annehmen? Doch sie wollten ihn auch nicht beleidigen. Also drehten sie nacheinander. Philipp gab dem Rad einen lässigen Schwung. Es drehte sich genau eine Runde und blieb stehen bei – Blume der Freundschaft. „Drehen Sie weiter", forderte sie Carlo auf.

Nun übernahm Jan das Rad und verstärkte ein wenig den Schwung:

Sieh da, es drehte sich genau zwei Mal und zeigte - Blume der Freundschaft! Die Freunde sahen sich überrascht an. Ebi lachte und stieß das Rad heftiger an. Es drehte sich einmal, zweimal, dreimal und pendelte sich aus bei – Blume der Freundschaft. „Das ist ja unglaublich!", rief Eberhard. „Carlo, Sie alter Zauberer, jetzt drehen Sie auch einmal vor unseren Augen!" Der silbrige, zittrige, gebückte Mann holte weit aus, schloss die Augen unter der Brille und was geschah? Vier Runden legte das Glücksrad zurück und stoppte genau – bei der Blume der Freundschaft! Da gab es ein vierstimmiges Gelächter, die Männer lagen sich in den Armen. „Ich hole euch diese Blume, ihr kennt sie alle." Sartorius kam zurück mit dem kleinen, hellblauen Vergissmeinnicht. „Zu Hause würde ich sagen: Darauf stoßen wir an", meinte Philipp. „Kein Problem." Und Carlo holte aus dem Kassenhäuschen, in welchem gerade ein Radio, ein Stuhl und ein kleiner Kühlschrank Platz hatte, eine Flasche Sekt. „Für besondere Anlässe – und dies ist einer. Meine Herren, ich biete Ihnen offiziell das Du an!" Er zauberte noch vier Gläser hervor und dann saßen die vier Männer, die vier Freunde, um den Springbrunnen und prosteten sich zu. „Ich hab da eine Idee", sagte Ebi. „Wir könnten uns doch einmal in der Woche irgendwo treffen und – na sagen wir Bridge spielen! Dafür braucht man genau zwei Paare." Jan wagte einzuwenden: „Für mich käme wohl nur einmal pro Monat in Frage, schließlich wohne ich nicht hier." „Akzeptiert, Jan", sagte Philipp, „du besuchst uns einmal im Monat, aber wir drei treffen uns einmal die Woche – und klopfen dort zu dritt, na, was wohl?" „Einen Skat!" Carlo goss den Freunden nach und sagte schmunzelnd: „Und wo bitte könnte man sich am besten treffen? Natürlich bei mir, im „Garten des Glücks!" Langsam war es draußen dunkel geworden. Doch in der Zelt-Pyramide brannten viele kleine bunte Lampions zwischen den Blumenwegen mit den zwitschernden Vögeln und Schmetterlingen.

Und auf einmal sah dieser Ort aus wie ein ganz gewöhnlicher, liebevoll gepflegter Garten irgendwo hinter einem Häuschen im Grünen... wie ein Stückchen Paradies eben. Ein geheimnisvoller Garten des Glücks.

Danksagung

Herzlich möchte ich mich bedanken bei unserem Sohn Michael und unserer Schwiegertochter Martina für das Lektorat und die Buchgestaltung.